3001

太空漫遊四部曲

三〇〇一太空漫遊

3001: The Final Odyssey

亞瑟・克拉克 作品
Arthur C. Clarke

鍾慧元、葉李華 譯

【推薦】

太空漫遊記，地上沉思錄

曾志朗　於二〇〇六年九月十三日

我還記得三十幾年前在台北西門町的電影院，看由克拉克小說改編的《二〇〇一太空漫遊》影片後的震撼。電影一開場，燈光全熄，一陣寧靜，在黑暗中，聆聽由四方傳來的交響樂曲（那時候，身歷聲音響才剛剛在台北街頭流行），感覺自己在浩瀚的太空中漫遊，同時樂音傳遞著一個又一個啟示，人類的智慧在鑼鼓聲中引爆，文明在急速的樂音中變成多樣多元，精神價值系統不斷凝聚又逐漸崩盤，人類的命運將何去何從？我們是否要永遠在期待另一個啟示的來臨?!

在那一片黑暗的電影院裡，也許我是那少數被電影的前奏曲牽動心靈的人之一，因為我在觀賞影片之前，已經讀過克拉克的《二〇〇一太空漫遊》科幻小說，是他的「大粉絲」之一；也因為崇拜他的緣故，我至今一直堅持在科普寫作的推動上。我相當認同他的想法，也主張人類文明因為科學思維的出現，已產生生命含義的質變，而這個變化的外顯現象，已經很容易從全球各地區科學知識落差所造成生命落差就看出來了。所以，克拉克預言似的見識，代表的是科學家在哲學反省的深刻思考中，那語重心長的警語與不厭其煩的提醒。

克拉克寫了很多不同主題的科幻小說，寫作的方式與格調也有很多變化，但他的【太空漫遊四部曲】系列，則是最受歡迎的作品。科學家對其中科學知識之精確，感到敬佩，對其「未來世界」的預測及其內容的幾可亂真，也往往感到不可思議，又覺得克拉克總是有能耐一言提出科技發展的前瞻視野，把科幻和科技的實質進展之間的鴻溝都打破。對非科學家的讀者而言，從書中所吸收的科技新知識，都是有一定的科研根據，絕非異想天開似胡亂製作的成品。例如，在《二〇〇一太空漫遊》中大領風騷的電腦模擬人哈兒（HAL），就是幾十年來大家一直推測，有一天會有、但目前科學界仍無法創造的，一部既能思考又能自自然然對話卻沒有意識的「機械人」。這裡所帶出來的眾多問題是科學家和非科學家千年來對「人」看法的一些疑惑。如何詮釋「人之異於禽獸幾希」的「希」字？是思維嗎？何謂思維？什麼是自然語言？為什麼能打敗世界棋王的深藍（Deep Blue）程式，不能轉換為對答如流的自然語言的理解（輸入）與說話（輸出）機呢？思維可以沒有意識嗎？說話、聽話不需要意識嗎？那，什麼是意識？克拉克在太空漫遊中創造了哈兒，但它是有缺陷的嗎？為什麼科學家努力了三十年，月球都上去了，DNA也解序了，但哈兒或超級哈兒卻還沒能出現？難道我們非要到木星去找到那塊神奇的墨石——TMA2，老大哥——才有可能為我們解惑嗎？

除了太空，克拉克對海洋的嚮往，也是很令人稱奇的。他為了抗議英國的稅制，下半生就長居在斯里蘭卡的海邊。在那裡，他結合了世界的科學家，對印度洋的風貌（物理與生化條件、生物多樣性、地理與人文景觀等）做了相當深入且廣泛的研究。這些研究發現除了發表在專業期刊之外，也一一融入了他的許多小說中。有人曾經問他，在那貧乏的斯里蘭卡居處，每天的生活很少變化，難道不會感到無聊嗎？他想了想，回答說：「是啊！如果你只能以家居的眼光看我在斯里蘭卡的生活，日復一日，甚少變化，那當然會很無聊。但是，你如換一副生物演化史的眼光看出去，則這小小島嶼上的生命力是變化多端的，生物多樣性之豐富令人嘆為觀止，沙漠與海洋交錯的生命形式，落在各個角落，有科學想像力的人，則常常會有處處是學問的驚奇。這裡人種之雜，文化之多元，外人難以想像，而且還有史前人的考古遺跡，有了文化史觀的人在這裡可以時時有研究做，處處有故事可尋，我怎麼會無聊，怎麼會寂寞呢？」見證於他一本又一本科幻及非科幻小說，我們當然知道他在那裡一定活得又充實又快樂的！

隔了三十多年，重新讀【太空漫遊四部曲】系列，以為原先的心靈震撼一定會減低或消失。但事實不然，所有沒有解答的疑惑，仍然得不到解答，雖然科學的新知已經又翻新了好幾十倍。克拉克這一系列的太空漫遊，由一個星系到另一個星系，其間發生的故事，有如地球在外太空的一面鏡子，反映著人間世的種種複雜現象。真是天上有紛爭，地上有戰亂，所以有關生命、智慧、意義等問題，似乎上下都無解。真要求得答案，只有再往更遠處的天上天去漫遊，《二〇〇一》找不到，就到《二〇一〇》，再找不到，就到《二〇六一》，若還沒找到，就耐心等到《三〇〇一》那最後的漫遊吧，也許啟示就在雲深不知處呢！這絕對是個悲壯的旅程，更是個充滿期待的旅行，千百年來，當人們抬頭望日月，舉目尋繁星之際，每一次的幻想漫遊，不都是充滿了羅曼蒂克的情懷嗎？

日本東京的國家科學館，有一個太空漫遊的模擬室，以四面環場的3D影片，配合座椅的搖擺與震動，讓參觀者經歷太空船漫遊星系的經驗，非常逼真，是參觀人潮最多的地點。影片一開始，有一句話是很貼切也很確切的：「太空的神秘，是一切科學的起始！」真是講得太好了。黑夜白天分陰陽，浩瀚繁星現文明。幻想沒有止盡，科技一波又一波的躍進。克拉克曾提出太空傳訊的構思，如今已是人間常事（識）了，對這位先知科幻大師，我總是以膜拜的心情在讀他的小說！

最後，我還是以他的話來結束這篇文章吧：「科幻作家不是要預測未來，而是要防範未來！」

目錄

太空漫遊四部曲

三〇〇一太空漫遊

3001: The Final Odyssey

給秋琳、塔瑪拉和瑪琳達——

在這個比我們那時代好多了的世紀裡，希望你們都能快樂。

【序】
結束漫遊

亞瑟．克拉克　一九九六年九月十九日
斯里蘭卡．可倫坡

「永不解釋，永不道歉」或許是給政客、好萊塢名流與企業大亨的最好忠告，不過一個作者應該更體諒他的讀者一些。所以啦，雖然我並不打算為任何事情道歉，但【太空漫遊四部曲】身世複雜，或許需要稍加解釋一番。

這一切都始於一九四八年的耶誕節——沒錯，一九四八年！——我寫了一篇四千字的短篇小說，參加英國國家廣播公司（BBC）舉辦的競賽。〈哨兵〉（The Sentinel）描述的是月球上發現了一座小型金字塔，那是某個外星文明置放的，用意是等待行星生活物種——人類的興起。直到那時為止，這暗示的是我們實在太原始，因而引不起人家興趣[1]。

BBC拒絕了我卑微的努力，直到幾乎三年後，這個故事才收錄進唯一一期《十篇故事奇集》（*10 Story Fantasy*）雜誌，於一九五一年春首度付梓。就像無價之寶《科學小說百科全書》（*Encyclopedia of Science Fiction*）中的挖苦批評一樣，這本雜誌「讓人記得的唯一原因，是算術很爛（因為裡面一共有三十篇故事）」。

〈哨兵〉在這種過度狀態中超過十年光陰，直到庫柏力克在一九六四年春天跟我連絡，問我有沒有什麼好點子可以用來拍那部「天下聞名的」（也就是說，還不存在的）「科學電影佳作」。在我們許多回合的腦力激盪過程中（全都記錄於《二〇〇一失落的世界》一書），我們決定月球上的耐心守候者可以當作故事的好開頭。結果它的成就不只如此，因為在製作過程中，這個金字塔演化成了現在眾所周知的黑色巨石板——第谷石板。

要想全盤了解【太空漫遊四部曲】，就一定要記住，庫柏力克和我開始計畫當初名為《太陽系征服史》（*How the Solar System Was Won*）的故事時，太空時代不過只有七歲大，離開地球旅行得最遠的人，也不過只離開地球一百多公里。甘迺迪總統雖然宣布美國打算「在這十年裡」（一九七〇年底以前）登上月球，但對大部分人來說，那一定還是像個遙遠的夢想。一九六五年，冷死人的十二月二十九日那天，電影在南倫敦[2]開拍。當時，我們連靠近地球這一面的月球表面看起來是什麼樣子都不知道。還有人擔心，第一個出現的太空人陷入一層如滑石粉般的月塵時，脫口而出的第一句話會是：「救命啊！」大體而言，我們猜得還滿準的：不過我們的月球景觀比真實月球更崎嶇不平——因為月球表面經過億億萬萬年來的流星塵吹襲，早就被撫平了。也就只有這一點，透露出《二〇〇一》其實是在「前阿波羅時代」製作的。

我們想像在二〇〇一年就會有那些巨大的太空站、繞軌的希爾頓飯店，還有到木星去的探索任務，這在今天看起來似乎很荒唐。但現在或許很難理解，因為在一九六〇年代的當時，就曾認真計畫建立永久的月球基地、並且登陸火星——完成時間是一九九〇年！說實話，當時在CBS的攝影棚中、就在阿波羅十一號發射之後，我聽到美國副總統安格紐（Spiro Agnew）興奮地宣布：「現在我們一定要去火星了！」結果，他沒進監獄算他運氣。那件醜聞、加上越南與水門事件，不過是那些過度樂觀的情勢未曾實現的理由之一。

當《二〇〇一太空漫遊》的電影與小說在一九六八年問世時，我還沒想到續集的可能。但到了一九七九年，真的有了木星任務，我們也頭一次能細看這顆巨大行星與其無比驚人的衛星家族。

航海家號太空探測器[3]（當然並未載人，但它傳回來的照片，使得當時即使是在最強力的望遠鏡中也不過是個光點的世界，呈現出了真實——也出人意表的面貌。木衛一伊奧（Io）上不斷噴發的硫磺火山、木衛四卡利斯托（Callisto）被撞擊得坑坑洞洞的表面、木衛三甘尼米德（Ganymede）如等高線般的詭異地表景觀——簡直就像發現了一個全新的太陽系一樣。前往探索的誘惑簡直無法抵擋，因此，《二〇一〇太空漫遊》也同樣給了我機會，去看看當大衛．鮑曼在那謎一般的旅館房間中醒來後發生了什麼事。

一九八一年，當我開始寫這本新書的時候，冷戰還在進行，而我覺得描述一場美蘇聯合任務，會讓自己身陷險境——當然也冒著被批評的危險。藉由將這本小說獻給諾貝爾獎得主沙卡洛夫（Andrei Sakharov，當時還在流放中）與蘇聯太空人里奧諾夫（Alexei Leonov），我也強調了自己對於未來合作的期許。當我在「星村」告訴里奧諾夫那艘船要以他命名時，他一派熱情洋溢地說：「那保證是艘好船！」

當彼得．海姆斯（Peter Hymas）於一九八三年拍出了絕佳的電影版時，我還是覺得非常不可思議，因為他竟然能用航海家號拍到的真正木星衛星近攝影像（其中某些經過原始出處「噴射推進實驗室」的電腦處理）。然而，當時我們還期待雄心萬丈的伽利略任務能傳回更佳的影像，因為它將在為期數月的任務中詳細探查所有的主要衛星。對於這片新疆界的認識，過去僅來自於短暫的飛掠，這次將能大大拓展——而我也再沒有藉口不寫《二〇六一太空漫遊》了。

唉——到木星的途中，卻發生了悲劇。原本打算於一九八六年自太空梭上發射伽利略號——但挑戰者號的災難排除了那項選擇，同時我們很快就清楚看出，想要得到關於伊奧、歐羅巴、甘尼米德與卡利斯托的新資訊，至少還要再等十年。

我決定不再等了，而哈雷彗星返回內太陽系（一九八五年），更提供了一個令人無法抗拒的主題。二〇六一年，彗星將再度出現，那將是《二〇六一太空漫遊》的大好時機，不過我並不確定自己幾時才寫得出來。我向出版社請求預付一筆頗卑微的預付款。這裡面有太多感傷，所以容我引用《二〇六一太空漫遊》中的獻詞：

本書為紀念特怪的特派總編輯茱蒂—琳．德蕊，

她以一塊錢買下本書版權，

——但搞不清楚花這個錢值不值得。

這一系列四本科學小說，寫成於科技（尤其是在太空探索方面）與政治發展最令人屏息的三十年間，顯然很難毫無矛盾。但就像我為《二〇六一》所寫的引言，「正如《二〇一〇太空漫遊》不是《二〇〇一太空漫遊》的續篇，本書也不是《二〇一〇太空漫遊》的續篇。這幾本書應該說是同一主題的變奏曲，裡面有許多相同的人物和情節，但不一定發生在同一個宇宙裡。」如果你想看看不同媒體的優秀類比作品，就聽聽安德魯·韋伯與拉赫曼尼諾夫對同樣一小段帕格尼尼音符的詮釋吧。

所以這部《三〇〇一太空漫遊》拋去了前輩的許多元素，但發展出了其他的——我希望也是更重要的——而細節也更棒的元素。早期幾部書的讀者，若對這樣的改頭換面覺得困惑難解，我希望能勸他們不要寄憤怒的抨擊投書給我，就讓我借用某位美國總統頗親切的評語吧：「別傻了，這是小說嘛！」

而這也全都是我自己的創作，如果你還沒發現的話。不過我更享受與簡崔·李（Gentry Lee）、麥可·庫布—麥道威（Michael Kube-McDowell），還有已故的麥克·麥奎（Mike McQuay）的合作——如果將來我還有什麼大得自己無法掌握的計畫，一定會毫不猶豫地去找這一行最棒的槍手——但這一本《三〇〇一太空漫遊》必須是一項獨力完成的工作。

所以每一個字都是我自己的心血：呃，幾乎每個字啦。我必須承認自己是在可倫坡的電話號碼簿上找到「席瑞格納納山潘達摩爾西教授」（見本書第三十五章）這個名字；希望這個名字目前的主人不反對我借用。另外我也從《牛津英語辭典》中借了幾個字詞。而你們可知道——讓我又驚又喜的是，我發現他們從我的書裡引用了超過六十六處，用以解釋某些字辭的意義與用法！

親愛的《牛津英語大辭典》，如果你在這幾頁裡發現了什麼可用的例證，再一次的——別客氣，儘管用。

很抱歉，我在這篇文章中小小地吹噓了一番，（大概有十項吧！）但它們引人注目的原因似乎太重要了，因而無法忽略。

最後，對於許多我的佛教、基督教、印度教、猶太教還有穆斯林朋友們，我要跟你們保證，不論「機會」賜與你們的宗教為何，宗教對你們心靈的平靜（還有一如目前西方醫藥科學心不甘情不願地承認的，身體的平靜）所作出的貢獻，我是真心誠意地覺得高興。

神智不清但快樂，或許要比神智清楚但不快樂要好，但最好的還是神智清楚又快樂吧。

我們的後代子孫是否能達到這項目標，將是未來最大的挑戰。事實上，這說不定還會決定我們是否有未來。

作者註

1在太陽系中搜尋外星產品，應該是絕對合理的科學分支（「地球外考古學」？）可惜，由於有人宣稱早已發現這類證據，因而使得這門科學備受質疑——而且還遭到NASA的刻意打壓！竟然有人相信這些鬼話，那才真是不可思議：要說航太總署刻意假造ET製造的物品，好解決他們的預算問題，那還比較有可能！（交給你了，NASA大老闆……）

2位於雪柏頓（Shepperton）。在威爾斯（H. G. Wells）的經典作品《世界大戰》（War of the Worlds）中，火星人曾在頗具戲劇張力的一幕中摧毀了雪柏頓。

3這艘太空船也運用了《二〇〇一》書中發現號飛近木星時利用的所謂「彈弓」，也就是「重力輔助」操作。

序幕　長子

就稱他們是「長子」好了。雖然沒有絲毫人樣兒，不過也是血肉之軀。在望向太空深處之際，他們同樣會感到敬畏、迷惑，還有孤寂。一旦掌握了足夠的能力，他們便開始在星海之間尋覓同伴。

尋覓的過程中，他們遇見各式各樣的生命；在上千個世界裡，他們看見演化的力量。他們也見慣了智慧的微光一閃即逝，消失在宇宙的黑夜裡。

他們覺得在這個銀河系，「心智」該是最珍貴的了；所以不管到了哪裡，他們都盡量協助心智萌芽。他們成了星田裡的農夫，忙著播種，偶爾還有機會收成。

不過有的時候，他們也得冷血地拔掉雜草。

當他們的星船進入太陽系之際，巨大的恐龍已經消失很久了。恐龍對於黎明曙光的希望，是被外太空偶然的撞擊給粉碎的。星船飛掠過冰凍的外行星，在垂死的火星沙漠上方短暫停留，正俯視著地球。

他們看到展開在星船下面的，是個擠滿了生命的世界。他們花了好多年的時間，進行研究、蒐集與分類的工作。盡其所能瞭解了狀況之後，便開始著手修改。對眾多物種的命運，包括了陸上爬的、水裡游的，都做了些許調整。但是，哪個實驗可以開花結果，不等上個百萬年，他們也不可能知道。

他們雖然很有耐心，卻非長生不老。在這個擁有千億顆恆星的宇宙裡，有太多的事情要做了，其他的世界也正在呼喚他們。他們再度朝向深邃的宇宙出發，心知肚明再也不會往這方向而來。其實也不需要再來了，他們留下的僕人會完成剩餘的工作。

在地球上，冰河去了又來；天際如恆的月亮，仍舊守護著星辰託付的秘密。以比極冰消長再慢一些的節奏，文明的浪潮退卻，流淌過整個銀河。奇怪的、美麗的、還有糟糕透頂的帝國此起彼落，再把知識轉手交給他們的接班人。

而在群星之間，演化正朝著新的目標前進。首批抵達地球的探險家，早已面臨血肉之軀的極致。一旦他們製造的機器比自己的身體更優良，就該是搬家的時候了。先是腦子、然後思想，他們搬進由金屬和寶石打造而成、亮晶晶的新家，用新的身體在銀河系中漫遊。他們不再建造太空船，因為他們自己就是太空船。

不過，機械實體的歲月也很快過去了。從不眠不休的實驗中，他們學會了把知識儲存在空間結構裡面；把自己的想法，恆久保存於凝凍的光格中。

為了要進入純能量的形式，他們又改變了自己。而在千百個世界裡，那些被他們捨棄的空殼，跳著無意識的死亡之舞，短暫地顫抖，然後崩裂成塵。

現在他們是銀河系的主宰了。可以隨性漫遊在星辰之間；或者像捉摸不定的暮靄般，滲融入宇宙的裂隙裡。雖然最終擺脫了物質專制的統御力量，但他們也沒有忘記，自己生命的源頭，是起自於那些如今雖已消逝，卻一度溫暖、黏稠的海洋中。他們製造的神妙儀器，仍然繼續發揮功能，守護著那些很久很久以前就開始的實驗。

可是，就連那些機器，也不再總是服從創造者所賦予的使命了。像所有的物質一樣，它們也難逃時間之神的影響，更遑論祂那耐心無比、不眠不休的僕人——熵。

有時候，它們還會給自己找些新的目標。

【第一篇】星城

第一章 彗星牛仔

迪米崔・錢德勒船長（男／二九七三・〇四・二一／九三・一〇六／火星／太空學院三〇〇五，他的好友則叫他迪姆）——正在煩，這是可以理解的。從地球傳來的訊息，花了六個小時，才抵達在海王星軌道外的太空拖船「哥力亞」號。這個訊息如果晚個十分鐘，他就可以正大光明地說：「抱歉，現在無法離開——剛剛才打開太陽膜。」

這個藉口會是再正當也不過了。把彗星的冰核，用只有幾個分子厚、卻有數公里長的反射膜裹起來，可不是那種做到一半、說停就停的工作啊。

話又說回來了，雖然待在這個日向航行、備受冷落的地方，都是被人家害的，不過他最好還是照辦這個可笑的要求。從土星環上面採集冰塊，然後輕輕推向金星與水星，起自於二十八世紀——已經是三個世紀以前的事了。那些「太陽系保育人士」一直在努力製造「採集前／後」的意象，用以支持他們對空中公物遭蓄意破壞所提出的控訴；錢德勒船長卻始終看不出世界有什麼不一樣。不過，大眾對之前幾個世紀所引起的生態浩劫還是很敏感，他們有不同的想法。而「放過土星」公投，則由絕大多數人投票通過。結果，錢德勒船長不再是土星環上的偷牛賊，卻成了追逐彗星的牛仔。

所以，他正在距離半人馬座α星（離太陽最近的恆星）已不算太遠的地方，驅集著從柯伊伯帶中四散流離的逃冰。這裡的冰當然夠在金星和水星上造出數公里深的海洋，不過大概要花上好幾世紀的時間，才能消滅這兩顆行星表面上煉獄般的高溫，變得適合人居住。太陽系保育人士當然還是反對這樣的行動，不過已經不再像以前那麼激進了。二三〇四年，因為小行星撞擊太平洋所引起的海嘯，造成了數百萬人的傷亡。諷刺的是，如果是撞在陸地上，造成的損失就不會那麼嚴重。這件事也提醒了往後的世世代代，人類把太多的蛋放在一個脆弱的籃子裡了。

錢德勒告訴自己，反正這專送要耗上五十年才能抵達目的地，所以遲上個把星期也沒什麼太大影響。但是如此一來，所有關於旋轉、質心和推力向量的計算都得重來了，還要傳回火星再確認。這趟專送的路線可能非常接近地球的軌道，在把這數十億噸冰塊推去以前，仔細計算一番總是好的。

像之前許多次一樣，錢德勒船長的目光游移到書桌上方那張古老的照片上。照片中是一艘三桅蒸汽船；與船上方懸浮著的冰山相較，蒸汽船顯得十分渺小。可不是嗎？此刻的哥力亞號是多麼微渺啊！

他常在想，從第一艘「發現號」進步到駛向木星的那艘同名太空船，僅僅只要一個世代，真是不可思議！那些古代的南極探險家，如果從哥力亞號的船橋望出去，不知道會有什麼看法？

他們一定會覺得目眩神馳吧。因為飄在哥力亞號旁邊的那塊冰，往上往下無限延伸，大得看不到盡頭。而且看起來還怪怪的，完全不像冰凍的南北冰洋那般，有著純淨的湛藍與雪白。實際上，這塊冰不只看起來髒，它是真的髒。因為，其中只有百分之九十是水冰，剩下的則是像出自巫婆之手的碳與硫的化合物，而且大部分只有在接近絕對零度時才會穩定。若是融掉這些冰，可能會產生令人不甚愉快的效果；正如一位天體化學家的名言：「彗星有口臭。」

「船老大呼叫所有人員，」錢德勒宣布：「我們的計畫稍有變更。上頭要求我們暫緩作業，先去調查太空衛隊雷達發現的目標。」

等到對講機中那陣混亂的抱怨聲消失後，有人問道：「有詳細資訊嗎？」

「所知有限。不過我看大概又是千禧年委員會忘記作廢的什麼計畫。」

這回傳來更多抱怨聲，大家對那些慶祝上個千禧年結束的種種活動，都感到由衷煩惡。當三〇〇一年一月一日平安無事地過去，大家都不約而同鬆了一口氣，人類又可以回到正常的生活作息了。

「反正，說不定跟上次一樣，不過是虛驚一場。我們會盡快回到工作崗位，完畢。」

錢德勒悶悶不樂地想著，自他幹這行以來，這種盲目追逐已經是第三次了。儘管已經探索了好幾個世紀，太陽系還是充滿了驚奇。而且，想必太空衛隊有絕佳理由這麼要求。他只希望，不是哪個想像力豐富的白癡又目擊了傳說中的黃金小行星。錢德勒從未相信那種東西真的存在，就算有，頂多也只是礦物學上的奇珍異寶罷了，其真正的價值比起他推向太陽的冰塊還差得遠，後者可是會給荒蕪的大地帶來生機呢。

不過，也有一種可能性會讓他嚴肅看待。人類已在方圓一百光年之內的太空放出許多機械探測器，而「第谷石板」也充分提醒著人類，有更古老的文明在進行類似的活動。很有可能其他的外星器物正待在太陽系的某個角落，或者正穿過太陽系。錢德勒船長懷疑，太空衛隊可能也有類似的想法，不然不會叫艘一級太空拖船去追究雷達上的不明影像。

五小時之後，尋尋覓覓的哥力亞號偵測到來自極遠處的回波。就算不理會距離因素，那東西似乎也小得令人失望。不過，隨著雷達訊號逐漸清晰與加強，顯示出那東西有金屬物體的特徵，說不定還有幾公尺長。它朝著離開太陽系的方向行進。錢德勒幾乎可以確定，那是上個千禧年時，數以萬計被人類丟向星空的垃圾之一。說不定，那些垃圾將來還會成為人類曾經存在的唯一證據。

接著，這個東西近到能用肉眼觀察了，錢德勒才帶著一點敬畏恍然大悟：一定是哪個很有耐心的科學家，還在不斷檢查著早期太空時代的紀錄；可惜電腦給他的回答晚了一步，錯過了幾年前的千禧年慶祝活動！

錢德勒朝地球傳訊，聲音裡透著一點驕傲、也有幾許嚴肅。「這是哥力亞號，我們正在接一位一千歲的太空人上船，我還猜得出他是誰。」

第二章　甦醒

法蘭克・普爾醒了。不過什麼都不記得，連自己的名字都不太確定。

顯然他是在醫院裡。他的眼睛儘管還閉著，但最原始、最能觸動回憶的感覺，卻明確地告訴了他這一點。每次呼吸，都帶著空氣中那種微弱、但並不討厭的消毒水味兒，勾起他的回憶。沒錯！鹵莽的慘綠少年時代，在亞利桑納「滑翔翼」冠軍賽裡弄斷了肋骨那次。

現在他慢慢想起一些事情了。我是法蘭克・普爾，美國太空船「發現號」副指揮官，正在執行到木星去的極機密任務……

像是有隻冰冷的手攫住了他的心。彷如慢動作地倒帶一般，他想起來了，脫韁野馬似的分離艙朝他衝過來，金屬手臂張牙舞爪。然後是寂靜地撞擊，以及不甚寂靜地、空氣自太空裝中逸出的嘶嘶聲。接著便是他最後的記憶：在太空中無助地打轉，試著要接回破損的空氣管，卻徒勞無功。

唉，不管分離艙控制系統發生了什麼神秘意外，他現在安全了。應該是大衛來了次迅速的「艙外活動」，在缺氧尚未造成腦部永久損傷之前，把他救了回來。

老好人大衛！他告訴自己。我一定要謝……等一下！顯然我不是在「發現號」上面，不過我失去意識的時間，應該也還沒久到可以被人家帶回地球吧！

護士長和兩位護士的抵達，打斷了他混亂的思緒。她們穿著代表專業的古老制服，表情看來有些驚訝。普爾納悶，是不是自己醒得比預期的早？這樣的想法讓他有種孩子氣的成就感。

嘗試了幾次之後，他說道：「嗨！」他的聲帶似乎相當澀滯。「我怎麼樣了？」

護士長對他報以微笑，她把食指放在嘴唇前面，明確地給了他一個「別說話」的指令。然後兩位護士在他身上迅速熟練地進行檢查。量脈搏、體溫、反應。其中一位抬起他的右手，再讓它自己掉下來。普爾注意到一個奇怪的現象：他的手慢慢落下，似乎不到應有的重量。當他試著挪動身體時，發現身體好像也有相同的情形。

他想，所以我應該是在某個行星上面，不然就是在有人工重力的太空站。一定不是地球，我沒那麼輕。

當護士長在他頸邊按下什麼東西的時候，他正要問那個再明顯也不過的問題。只覺一陣輕微的刺痛感，他便又進入無夢的沉眠中。失去意識之前，還來得及讓他有個奇怪的想法。

多詭異！她們在我面前連一個字都沒說。

第三章　康復

他再度醒來，發現護士長和兩位護士圍在床邊。普爾覺得自己已經恢復到可以表達一下自己立場的程度了。

「我到底在哪裡？你們一定可以告訴我吧！」

三位女士交換了一下眼色，顯然不知道接著該怎麼辦。然後護士長很緩慢、很小心地發音，回答道：「普爾先生，一切都沒有問題，安德森教授很快就會到……他會跟你解釋的。」

解釋什麼啊？普爾有點生氣。我雖然聽不出來她是哪裡人，不過至少她說的是英語……

安德森一定早就上路了，因為不久之後門便打開，恰好讓普爾瞄到一些好奇的人正在偷看他。他開始覺得自己就像是動物園裡新來的什麼動物。

安德森教授是個短小精悍的男人，外貌像是融合了幾個不同民族的重要特徵：

中國人、玻里尼西亞人，再加上北歐人，以一種難以形容的方式揉合在一起。他先舉起右掌向普爾打招呼，然後，突然想到不對，又跟普爾握了握手，謹慎得奇怪，像是在練習什麼不熟悉的手勢。

「普爾先生，真高興看到你這麼健康的樣子……我們馬上會讓你起身。」

又是一個口音奇怪、說話又慢的人。不過那種面對病人的自信態度，卻是不論何時何地，任何年紀的醫生都一樣。

「那好。你現在是不是可以回答我一些問題……」

「當然當然，不過要先等一下。」

安德森迅速、低聲地跟護士長說了些什麼，普爾雖聽出了幾個字，卻仍一頭霧水。護士長向一位護士點了點頭，那護士便打開壁櫃，拿出一條細細的金屬帶，圍在普爾的頭上。

「這是幹麼呀？」他問道。他成了那種會讓醫生煩透了的囉嗦病人，總是要知道到底自己發生了什麼事。「讀取腦電圖啊！」

教授、護士長和護士們看起來都一樣迷惑。然後安德森的臉上漾過一絲微笑。

「喔，腦……電……圖……呀，」他說得很慢，像是從記憶深處挖出這些名詞。

「你說對了，我們只不過想要監看你的腦部功能。」

普爾悄聲嘟囔，我的腦子好得很，只要你們肯讓我用。不過，總算有點進展了。

安德森仍是用那奇怪且矯揉造作的聲音，像在講外國話般鼓起勇氣，說道：「普爾先生，你當然知道，你在『發現號』外面工作時，一次嚴重的意外害你殘廢了。」

普爾點頭表示同意。他諷刺地說：「我開始懷疑，說『殘廢』是不是太輕描淡寫了點？」

安德森明顯地鬆了一口氣，又一陣微笑漾過他的嘴角。

「你又說對了。你認為發生了什麼事？」

「最好的狀況是，在我失去意識之後，大衛・鮑曼救了我，把我帶回船上。大衛怎麼樣了？你們什麼都不告訴我！」

「時候到了再說……最壞的狀況呢？」

法蘭克覺得頸後有陣冷風吹過，心裡浮現的懷疑逐漸具體化。

「我死掉了，不過被帶回來這裡，不管這是什麼地方，然後你們居然有辦法把我救活。謝謝你們……」

「完全正確。而且你已經回到地球上了，或者說，離地球很近了。」

他說「離地球很近」是什麼意思？這裡當然有重力場，所以他也有可能是在自轉的軌道太空站上。不管了，還有更重要的事情要想。

普爾迅速心算了一下，如果大衛把他放進冬眠裝置中，再喚醒其他的組員，完成到木星的機密任務……哇，他可能已經「死了」有五年之久！

「今天到底是幾月幾日？」他盡可能平靜地問道。

教授和護士長交換了一下眼色，普爾又覺得有陣冷風吹過。

「普爾先生，我一定要告訴你，鮑曼並沒有救你。他相信你已經回天乏術，我們也不能怪他。因為他自己也面臨了生死關頭……

「所以你飄進了太空，經過了木星系，往其他恆星的方向而去。所幸，你的體溫遠低於冰點，以致沒有任何代謝作用。不過你還能被找到也算是個奇蹟，你可以說是世上最幸運的人，不，應該說，是史上最幸運的人！」

我是嗎？普爾悽楚地自問。五年了，是哦！說不定已經過了一個世紀、搞不好還更久。

「告訴我吧。」他鍥而不捨地問。

教授和護士長像是在對看不見的顯示器徵詢意見。當他們互望一眼，點頭表示同意之際，普爾覺得他們都連上了醫院的資訊迴路，與他頭上圍繞的金屬帶直接相通。

安德森教授巧妙地把自己的角色轉換成關係良久的家庭醫生，說道：「法蘭克，這對你來說會極度震撼，不過你能夠承受的，而且你愈早知道愈好。

「我們剛邁入第四個千禧年。相信我，你離開地球幾乎已經是一千年前的事了。」

「我相信你。」普爾很冷靜地回答。然後，讓他非常無奈的事發生了：整個房間天旋地轉起來，他就什麼都不知道了。

等他再醒過來時，發現自己已不是在潔白的醫院病房裡，而是換了一間奢華的套房，牆壁上還有著吸引人且不斷變換的圖像。有些是著名、熟悉的畫作，其他則是一些可能取材自他那個時代的風景畫。沒有奇怪或令人不愉快的東西，但他猜想，那樣的東西以後才會出現。

他目前待的環境顯然經過精心設計。他不確定附近是否有類似電視螢幕的東西，（不知第三千禧年有幾個頻道？）床邊卻看不到任何控制鈕。他就像突然遇見文明的野蠻人，在這個新世界裡，有太多的東西要學了。

不過首先，他一定要恢復體力，還要學習語言。錄音設備早在普爾出生前一個多世紀便已發明，饒是如此，也沒能阻止文法以及發音的重大轉變。現在多了成千個新辭彙，大部分都是科技名詞，不過他經常可以取巧地猜到意思。

但是讓他最有挫折感的，還是在這一千年來累積的無數人名；美名也好、臭名也罷，反正對他來講統統沒意義。直到他建立起自己的資料庫之前的幾個星期，他與旁人的談話，總是會不時地被人物簡介給打斷。

隨著普爾體力的恢復，拜訪他的人也愈來愈多，但總是在安德森教授的慎重監督下進行。這些訪客包括了醫學專家、不同領域的學者，以及普爾最感興趣的太空船指揮官。

他能夠告訴醫生和歷史學家的事情，大多可以在人類龐大的資料庫裡找到，不過他通常可以讓他們對他那個時代的事件，找到研究捷徑和新見解。他們都很尊重他，在他試著回答問題時，也都很有耐心地聽他說；但是，他們似乎不太願意回答他的問題。普爾開始覺得自己有點被保護過度了，大概是怕他有文化震撼吧。而他也半認真地想著，該怎樣逃出自己的套房。有幾次他自己一個人留在房裡，不出所料，他發現門被鎖上了。

然後，茵卓．華勒斯博士的到來改變了一切。撇開名字不提，她的外型特徵似乎是日本人；好幾次，普爾運用一點點的想像力，便覺得她其實比較像練達的日本藝伎。對一位聲名卓著的歷史學家來說，這似乎不是個很恰當的形象，何況她在有真正常春藤盛放的大學裡，還開設虛擬講座呢。在所有拜訪普爾的人裡面，她是頭一個可以把普爾所使用的英文說得很流利的，所以普爾很高興認識她。

「普爾先生，」她用一種非常有條不紊的聲音開始：「我被指定作你的正式監護人，姑且說是導師吧。我的學歷呢，我是專攻你們時代的。論文題目是『二〇〇〇至二〇五〇年代間國家的瓦解』。相信在很多方面，我們都能彼此協助。」

「我也相信。不過我希望第一件事，就是把我弄出去。這樣我才能見識一下你們的世界。」

「這正是我們打算做的事。不過要先給你一個『身分』。不然的話，你就……你們是怎麼說的？不是個人。幾乎哪裡都去不成，什麼事也辦不了；沒有任何輸入裝置能判讀你的存在。」

「我就知道。」普爾苦笑：「我們那時候就有點像這樣了，很多人都不喜歡。」

「現在也是啊。他們躲得遠遠的，住在荒野裡。現在地球上這樣的人比你們那個時代還多！不過他們都會隨身攜帶通信包，以便碰到麻煩時可以趕快求救；通常要不了五天，他們就會求救了。」

「真遺憾，人類顯然退化了。」

他小心翼翼地試探她，想找出她的容忍度、勾勒出她的個性。顯然他們倆會有很長的時間在一塊兒，而且他在許多方面都得依賴她。不過他還是不確定自己到底會不會喜歡她。說不定她只是把他當成博物館裡引人入勝的展示品罷了。

出乎普爾意料之外，她居然同意普爾的批評。

「就某些方面而言，或許是真的。我們的體能可能變得比較差，但比起以前的人類，我們健康多了，而且也調適得相當不錯。所謂『高貴的野蠻人』，一直是個傳說。」

她走到門前眼睛高度的一個小小四方形面板前，那面板大小如同古早印刷時代中無限氾濫的那些雜誌。普爾注意到，好像每個房間裡都至少會有一個，通常總是空白的；偶爾上面會有幾行緩緩移動的文句。就算其中有些字他認識，對他來說也完全沒意義。有回他房裡的一塊面板發出緊急的嗶嗶聲，他認定：不管是什麼問題，反正會有人解決，所以就置之不理。幸而這個噪音結束得和開始時一樣突兀。

華勒斯博士把手掌放在面板上幾秒鐘。然後她望著普爾，微笑說道：「過來看看。」

突然出現的刻文這回可有意義了，他慢慢唸出：

茵卓・華勒斯　女／二九七〇・〇三・一一／三一，八八五／牛津・歷史

「我想是說：女性，二九七〇年三月十一日生，在牛津大學歷史系任教，我猜三一・八八五是個人識別碼，對嗎？」

「好極了，普爾先生。我看過你們的電子郵件地址和信用卡號碼，一串亂七八糟、討厭的字母加數字，根本沒人記得住！不過每個人都知道自己的生日，頂多只會跟其他九九九九九個人相同。所以，一個五位數字就很夠了……就算忘記了，也沒什麼關係。如你所見，那是你身體的一部分呢。」

「植入式的嗎？」

「出生就植入的毫微晶片，一手一個、以備萬一，植入的時候根本就沒感覺。不過你倒給了我們一個小小的難題。」

「什麼問題？」

「你會碰到的那些讀取裝置都太笨了，沒辦法相信你的生日。所以，如果你同意的話，我們會把你的生日加上一千年。」

「所請照准。其他部分呢？」

「隨你便。可以留白，或者寫現在的興趣和所在地。不然拿來當公布欄，開放式的或者只給特定友人看都行。」

有些事情，即使是經過許多世紀也不會改變，普爾很確定。那些所謂「特定」友人中，有很大一部分其實是非常私密的。

他在想，在這個時代，不知還有沒有自律式，或強制式的監督，他們在改善人類道德上的努力，是否比他自己的時代有成效。

等他和華勒斯博士比較熟稔的時候，一定要問問她。

第四章　觀景室

「法蘭克，安德森教授認為你的體力已經夠好，可以出去走走了。」

「真高興聽到這個消息。你知道『悶出病來』這個成語嗎？」

「沒聽過，不過我也猜得出來。」

普爾已經習慣這麼低的重力，所以即使是跨著大步走，看起來也很正常。他估計此地應該是半個重力加速度，正好讓人覺得舒適。散步的時候，他們只遇到幾個人，雖然都是陌生人，但大家都露出笑容，彷彿認識他。普爾有點沾沾自喜地告訴自己，現在我應該是世上最有名的人之一了吧。等到我決定如何過下半輩子的時候，這應該會很有幫助。至少我還有一個世紀可活，如果安德森可以信賴……

他們散步的走廊，除了偶爾可見幾扇標著數字的門之外（每扇門上都有一塊通用識別板），毫無特色可言。跟著茵卓走了大概兩百公尺之後，他突然停了下來，因為發現自己竟未注意到這麼明顯的事實。

「這個太空站一定大得不得了！」他大叫。

茵卓報以微笑。

「你們是不是有句話──『你什麼都還沒看到』？」

普爾心不在焉地糾正她：「是『啥都沒看到』。」等他又嚇了一跳的時候，他還在試圖估計這座建築的規模。誰能想得到，一個太空站居然大到擁有地鐵，即使只是小型的、只有一節車廂、只能坐十來個乘客。

「三號觀景廳。」茵卓吩咐，車子便靜靜地、迅速地駛離車站。

普爾朝腕上精巧的手錶對了對時間；這只手錶功能繁多，他還沒研究透徹。其中一個小小的驚奇，就是現在全球通用的是「世界時」，以前那個令人迷惑、拼拼湊湊的時區制，已經被全球通訊的精進給淘汰了。其實早在二十一世紀，就已經有很多人討論這個問題；甚至還有人建議，應該用「恆星時」取代「太陽時」。這麼一來，在一整年中，一天二十四小時都會輪流變成正午，所以一月份的日出，會與七月份的日落同時。

不過，這個「二十四小時平等」的提案，和爭議更多的曆法改革提案，都沒什麼下文。有人譏諷地建議，這個特殊工作，應該要等到科技上有某些重大進展才能進行。當然，總會有那麼一天，上帝所犯的這個小小錯誤會被修正，地球的軌道會被調整，讓每年的十二個月都有完全相等的三十天……

根據普爾對行車速度與時間所作的判斷，在車子無聲地停下之前，他們至少已行駛了三公里。門打開，一個抑揚頓挫的柔和自動語音說道：「請盡情欣賞風景，今日雲量是百分之三十五。」

普爾想，我們終於接近外牆了。可是又有神秘事件出現：他已經移動了這麼遠，重力的強度和方向卻沒有改變！如果這樣的位移，還沒能改變重力加速度向量，那他真無法想像這個太空站有多巨大……會不會，他終究還是在一顆行星上呢？可是在太陽系其他的可住人世界裡，他應該會覺得比較輕，而且通常輕得許多才對。

車站的外門打開，普爾便置身於一個小型氣閘內。他明白自己必定還是在太空裡。可是太空衣在哪兒？他焦慮地四處張望——如此接近真空，卻赤裸裸地沒有保護裝備，已違背了他所有的直覺。這種經驗，一次就夠了……

茵卓安慰他說：「就快到了……」

最後一扇門打開了，透過一面橫向、縱向都呈弧形的巨大窗戶，他望進了太空的全然黑暗。他覺得自己彷彿魚缸裡的金魚，希望這個大膽工程的設計群神智清楚。比起他的時代，這些人當然會擁有比較好的建築材料。

雖然群星一定在窗外閃爍，但普爾那雙已縮小的瞳孔，在巨大的弧形窗戶之外，除了空洞黑暗什麼也看不到。他向前走，想讓視野變得更廣闊，茵卓卻阻止了他，並指著前方。

「看仔細了。」她說：「你沒看到嗎？」

普爾眨眨眼，望進黑暗之中。那一定是幻覺──怎麼會有這種事？窗上居然有道裂縫！

他從這邊看到那邊，不可能，居然是真的。但怎麼可能呢？他想起歐幾里得的定義：「線有長度，但是沒有厚度。」

如果仔細去找，很容易可以看見一線光明，由上而下貫穿整面窗子，顯而易見地還上下伸展至視野之外。它是如此接近一維，甚至連「薄」這個字眼都用不上。然而，那也不是一條百分之百單調的直線，整條線上，不規律地散布著明亮的光點，彷如蛛絲上的水珠。

普爾繼續朝窗戶走去，直到視野寬闊得可以看到下面的景致。夠熟悉的了：整個歐洲大陸，還有北非的大部分，正如他許多次從太空中看到的一樣。所以他畢竟還是在軌道上嘍；說不定是在赤道正上方、至少距離地表一千公里。

茵卓帶著揶揄的笑容看著他。

她溫柔地說：「再走近點，你就可以直直地往下看。希望你沒有懼高症。」

怎麼會對太空人說這種蠢話！普爾邊走邊想。如果我有懼高症，就不會來幹這一行了……

這個念頭才剛剛閃過腦際，他就不由自主倒退了幾步，大叫：「老天！」然後定了定神，才敢再往外看出去。

他正由一個圓筒狀高塔的表層往下看著遙遠的地中海。塔壁平緩的弧度顯示其直徑長達數公里。但比起塔的高度，那還算不上什麼：塔身往下逐漸變小，一路往下、往下、再往下，最後消失在非洲某處的雲霧中。他猜想，應該是一路直達地面。

「我們在多高的地方？」他悄聲問。

「兩千公里。不過你往上看看。」

這次他沒嚇得那麼厲害了，他已有心理準備。塔身逐漸變細，直到變成一絲閃爍的細線，襯著黑漆漆的太空。毫無疑問，塔是一路向上，一直到地球的同步軌道，即赤道上方三萬六千公里的高空。在普爾的時代，這樣的幻想已經很普遍，但他作夢也沒想到，自己能看到真實的景象——而且還住在裡邊。

他指著遠處由東方地平線直上天際的細線。

「那一定是另外一座塔了。」

「是的，那是亞洲塔。在他們看來，我們一定也像那樣。」

「一共有幾座塔？」

「只有四座，等距分布在赤道上。非洲塔、亞洲塔、美洲塔和太平洋塔。最後一座幾乎是空的，才蓋完幾百層而已。除了海水之外什麼都沒得看……」

普爾還沉浸在這個令人驚嘆的想法中，卻又被另一個惱人的念頭打斷。

「在我們那個時代，早就有幾千顆衛星散布在各種高度，你們怎麼避免它們撞到塔呢？」

茵卓看來有點窘。

「你知道嗎，我從來沒想過這個問題，這並非我的領域。」她停頓了一會兒，顯然正搜索枯腸，然後又開朗起來。

「我想，在幾個世紀以前有次大規模的清除行動。現在同步軌道以下已經沒有任何衛星了。」

聽來有理，普爾告訴自己，根本就不再需要衛星，以前由數千顆衛星和太空站所提供的服務，現在都可以由這四座摩天高塔負責。

「都沒有發生過意外嗎？從地表起飛，或重返大氣層的太空船都沒有撞上過？」

茵卓驚訝地看著他。

她指著上方說：「可是再也沒有這回事了。所有的太空航站都在該在的地方——在上面，外環那兒。我相信，太空船最後一次從地表起飛，已經是四百年前的事了。」

普爾仍在咀嚼這番話，但有件不合常理的小事引起他的注意。身為一個訓練有素的太空人，他對任何有違常理的事情都會立刻警覺；因為在太空中，那可能就是生死關頭。

太陽在他的視線範圍之外，高掛天際。但陽光穿過大窗，在地板上抹出一道明亮的光帶。與這光帶交叉的，是另一條微弱許多的光線。所以，窗框投射出兩道影子。

普爾幾乎要跪在地上，才能抬頭看到天空。對於新奇的事物，他本來以為自己已經免疫；但看到兩個太陽的奇景，還是讓他一時說不出話來。

等透過氣來，他喘息著問：「那是什麼啊？」

「咦，沒人告訴過你嗎？那是『太隗』。」

「地球還有另一個太陽？」

「其實它沒有提供多少熱量，不過倒是讓月亮相形失色……在去找你的『第二次任務』以前，那顆原本是木星。」

我就知道在這個新世界有很多東西要學，普爾告訴自己。但是究竟有多少，我無法想像。

第五章 教育

當電視機被推進房間並安置在床尾時，普爾真是又驚又喜。喜的是他正苦於資訊飢渴；驚訝的是，那竟是一部在他的時代就已被淘汰的古老機種。

護士長提醒他說：「我們得向博物館保證會歸還。我想你應該知道怎麼操作吧。」

把玩著遙控器，普爾突然感到一陣劇烈的鄉愁襲上心頭。就像其他少數幾樣器物一般，它讓他憶起童年，以及大多數電視機都簡單得無法接收語音指令的日子。

「謝謝你，護士長。請問最好的新聞頻道是哪一個？」

她似乎被他問倒，但隨即又開朗起來。

「我懂你的意思。不過安德森教授認為那對你還嫌太早。所以『檔案管理處』為你製作了一片專輯，會讓你很有親切感。」

普爾在想，不知此時此刻的儲存媒體是什麼。他還記得雷射唱片，還有古怪的老舅舅非常引以為傲的黑膠唱片蒐藏。不過這種科技競爭一定早在幾個世紀前就結束了，服從達爾文的定律——優勝劣敗，適者生存。

他不得不承認，製作這片精選輯的人，必定相當熟悉二十一世紀初期，（會不會是茵卓呢？）成果相當不錯。沒有令人不悅的東西，沒有戰爭、沒有暴力，只有一點點當代事務和政治，那些和現在都完全無關了。有輕鬆的喜劇、運動、（他們怎麼知道他是狂熱的網球迷？）古典和流行音樂，還有野生動物紀錄片。

而且，不管是誰負責的，他一定是個有幽默感的人，不然不會把每一代的「星艦影集」也收錄一些進去。當他還很小的時候，曾經見過「皮卡艦長」和「史巴克」。如果他們曉得當年那個羞赧地要簽名的小男孩後來的命運，不知會有什麼樣的想法。

他開始探索（大部分都是用「快轉」）之後沒多久，突然有種很令人洩氣的想法。他不知在哪兒讀過，在他們那個世紀（他的世紀！）快結束的時候，有將近五千個電視台同時播放節目。如果這個數字繼續維持——更理所當然的是會增加，那現在一定有億萬小時的電視節目已經播出。就算是最保守的老頑固也不得不承認，應該至少有十億個小時的電視節目值得看……還有百萬個小時，是可以通過最嚴苛標準的優秀節目。他要怎麼在大海裡撈這些針？

這個念頭排山倒海而來，的確，是如此令人灰心喪志。所以，在一個星期漫無目的隨意轉換頻道之後，普爾要求把電視機移走。或許幸運的是，他獨處的時間愈來愈少，而隨著體力的恢復，他清醒的時間也愈來愈長。

多虧了那些川流不息的訪客——不只是嚴肅的學者，還有些好管閒事的公民（應該也很有影響力吧，竟然有辦法滲透過由護士長和安德森教授築起的銅牆鐵壁），他才沒有無聊的危險。然而，當某天電視機又出現的時候，他還是很高興；他已經開始出現禁斷症狀了。這次，他下定決心好好選擇要看些什麼。

茵卓跟著這個古色古香的骨董一起出現，臉上掛著燦爛的笑容。

「法蘭克，我們找到一些你非看不可的東西。我們認為可以幫助你調適。總之，我們確定你一定會喜歡。」

普爾早就知道，這種評語幾乎可以說是保證無聊的代名詞，他已經做好最糟的心理準備。不過節目一開始，便馬上吸引住他，像其他少數幾件東西一樣，把他帶回了舊日時光。他立刻認出當年最有名的聲音之一，還想起自己曾經看過這個節目。

「這裡是亞特蘭大市，西元二〇〇〇年十二月三十一日……

「這是CNN，再過五分鐘，帶著未知的危險與希望，新的千禧年，即將要來臨了……

「不過在試圖探索未來之前，先讓我們回頭看看一千年前，並且自問：『如果生活在西元一〇〇〇年的人，神奇地跨越了十個世紀，他們是否能夠想像，甚至瞭解我們的世界呢？』

「幾乎所有我們視為理所當然的科技，都是在這個千禧年的末尾發明的，其中還有很大部分，是出現於最近兩百年。蒸汽機、電力、電話、收音機、電視、電影、航空、電子裝置……還有，僅僅一代的時間，核能與太空旅行也出現了。過去那些偉大的智者會如何看待這些？如果阿基米德、達文西突然掉進我們的世界，他們還能保持心智正常嗎？

「我們忍不住會想，如果是我們被送到一千年以後的世界，應該會適應得比較好。當然，因為比較重要的科學發明都已經出現了。即使還會有科技上的重大進展，但是否還會出現令我們難以理解，就如同口袋型計算器或攝影機等令牛頓難以理解的裝置？

「或許我們的時代，與過去所有的時代確實有所不同。電信科技、大氣與太空的征服、影音記錄科技（得以保存過往一去不回的聲音與影像），樣樣都製造出連過去最狂野的幻想都無法想像的文明。同樣重要的，是哥白尼、牛頓、達爾文與愛因斯坦，他們大大改變了我們的思考模式，以及對宇宙的展望，讓我們即使是與最優秀的祖先相比，也像新的物種一般。

「而一千年之後，會不會如同我們看待無知、迷信、受盡生老病死折磨的祖先一般，我們的後代也用同情的眼光來看待我們？我們相信，連祖先們不懂得問的一些問題，我們都已經知道答案了。但是，第三千禧年，會帶給我們什麼樣的驚奇呢？

「好，時間到了……」

一口大鐘敲響代表午夜的鐘聲，不久，最後一波震動也逐漸歸於寂靜……

「就這麼結束了……再見，既美好又糟糕的二十世紀……」

畫面裂成無數碎片，換了一位實況轉播員，說話帶著普爾已經可以輕鬆瞭解的現代口音，馬上把普爾拉回現實。

「現在，在三〇〇一年的頭幾分鐘，我們能回答這個古老的問題了……

「當然，如我們剛才看到的，這些活在二〇〇一年的人，如果活在我們的世紀裡，應該不會像一〇〇一年的人到了他們的時代那樣完全迷失吧。我們的許多科技成就，都已在他們預期之內。誠然，他們早已設想過衛星城市以及月球和行星上的殖民地。他們也可能會有點失望，因為我們還沒能長生不死，探測船也只到達最近的幾顆恆星上而已……」

茵卓突然把電視機關掉。

「法蘭克，其他的等一下再看，你有點累了。不過希望這有助你調適。」

「謝謝，茵卓，我明天再看。不過它倒是證明了一點。」

「哪一點？」

「謝天謝地，我不是從一〇〇一年跑到二〇〇一年。那會是個太大的躍進，我才不信有誰能調適得過來。我至少還知道電力；如果有幅畫突然跟我說話，我也不會嚇得半死。」

普爾告訴自己，希望這種自信不至於太過分。有人說過，高度發展的科技與魔法無異。在這個新世界裡，我會不會遇到魔法？又有沒有辦法面對它呢？

第六章 腦帽

「恐怕你得做個痛苦的決定。」安德森教授說，但他臉上那抹笑意沖淡了話中誇張的嚴重性。

「教授，我受得了，您就直說吧！」

「在你可以戴上自己的『腦帽』前，得要把頭髮剃光。你有兩個選擇：根據你的頭髮生長速度，至少每個月要剃一次頭髮，不然你也可以弄個永久的。」

「怎麼弄？」

「雷射頭皮手術，從髮根把毛囊殺死。」

「嗯……可以恢復嗎？」

「當然可以，不過過程既繁瑣又痛苦，要好幾周才會完全康復。」

「那我作決定前，要先看看喜不喜歡自己光頭的樣子。我可忘不了發生在參孫身上的事。」

「誰？」

「古書裡面的人物。他的女朋友趁他睡著時，把他的頭髮剪掉。等他睡醒，力氣全都沒了。」

「我想起來了，顯然是個醫學譬喻嘛！」

「不過，我倒不介意把鬍子除掉。我樂得不用刮鬍子，一勞永逸。」

「我會安排。你喜歡怎樣的假髮？」

普爾哈哈大笑。

「我可沒那麼愛慕虛榮——想這些很麻煩，說不定根本用不著。晚一點再決定就好了。」

在這個時代，每個人都是後天的光頭，是普爾很晚才發現的驚人事實。他的第一次發現，是在幾個頭一樣光、來替他做一連串微生物檢驗的專家抵達之際。他的兩個護士落落大方地摘下頭上豪華的假髮，一點都沒有不好意思的樣子。他從來沒被這麼多光頭包圍過，他最初的猜測，還以為這是醫學專業在無止盡的細菌對抗戰中最新的手段。

如同其他諸多猜測，他錯得離譜。等知道了真正的原因，他自娛的方法就是：

統計在事先不知情的情況下，他可以看出多少來客的頭髮不是他們自己的。答案是：「男人，偶爾；女人，完全看不出來。」這可真是假髮業者的黃金時代。

安德森教授毫不浪費時間。當天下午，護士在他頭上抹了某種氣味詭異的乳霜，一小時之後，他幾乎不認得鏡裡的自己了。畢竟，說不定有頂假髮也不錯……

腦帽試戴則花了比較久的時間。先要做個模子，他得一動不動地坐著好幾分鐘，直到石膏固定。護士幫他脫離苦海的時候有點麻煩，她們很不專業地吃吃竊笑，讓法蘭克覺得自己的頭型長得不好。「喲！好痛！」他抱怨。

然後來的就是腦帽了，它是個金屬頭罩，舒服地貼著頭皮，幾乎要碰到耳朵。這又撥動了他懷舊的情緒：「真希望我的猶太朋友看到我這個樣子！」腦帽是這麼舒服，幾分鐘之後，他幾乎忘了它的存在。

他已經準備好要安裝了。他現在才帶著點敬畏地瞭解，那是五百年以來，幾乎所有人類必經的成年儀式。

「你不用閉眼睛。」技師說。人家把他介紹給普爾時，用的是「腦工程師」這個誇張的頭銜，不過流行語裡面總是簡化成「腦工」。「等一下開始設定的時候，你所有的輸入都會被接管。就算你張開眼睛，也看不到東西。」

普爾自問，是不是每個人都跟我一樣緊張？這會不會是我能掌控自己心智的最後一刻？我已經學會信任這個年代的科技，到目前為止，它還沒讓我失望過。當然了，就像那句老話，凡事總有第一次……

如同人家跟他保證過的，除了毫微電線鑽進頭皮時有點癢，他什麼感覺都沒有。所有感官完全正常，他掃視熟悉的房間，東西也都還在該在的地方。

腦工自己也戴著腦帽，而且跟普爾一樣，連到一個很容易被誤以為是二十世紀筆記型電腦的儀器上。他給普爾一個令人安心的微笑。

「準備好了嗎？」

有時候，最適合的還是這句老話。

「早就準備好了。」普爾回答。

光線漸漸暗去──或者看來如此。一陣寂靜降臨，即使是塔的重力也放過了他。他是個胚胎，浮沉在無質無形，卻並非全然黑暗的虛空。曾有一次，他見過這樣在黑夜邊緣、幾近紫外線的黯黑。那次，他不很聰明地沿著「大堡礁」邊緣的險峻礁岩朝下潛泳。往下看著幾百公尺深的晶瑩空虛，他突然感到一陣天旋地轉，有好一會兒他慌了手腳，差點就要拉動浮力裝置。他沒有把這次意外告訴航太總署的醫生，自是不在話下……

一個聲音遠遠傳來，透過像是包圍著他的無邊黑暗。但是聲音並非透過他的耳朵，而是在他的大腦迷宮中迴盪。

「校準開始，會不時問你一些問題。你可以在心裡回答，不過開口說出來可能有幫助。懂了嗎？」

「懂了。」普爾回答，同時想著自己的嘴唇不知動了沒有。事實如何，他自己也無從得知。

有什麼東西出現在虛空中──由細線構成的格子，好像一張巨大的方格紙，往上下左右延伸，直到超出視野。他試著轉頭，影像卻沒有改變。

數字開始在格子中閃爍，快得沒法讀。不過他猜測應該是某些迴路正在記錄。那種熟悉的感覺讓他忍不住笑了，（他的嘴角動了嗎？）這好像是他那個年代，眼科醫師會給病人做的電腦視力測試。

格子消失了，取而代之的是一片片柔和的色彩，充滿了他的視野。幾秒鐘之內，顏色便從光譜的這頭跳到那頭。普爾悄聲咕噥：「早該告訴你，我沒色盲，下個該是聽力了吧。」

他猜得一點都沒錯。一陣微弱、咚咚的聲音逐漸加快，直到可聞的最低C音，然後又揚升到人類聽覺範圍之外，進入海豚與蝙蝠的領域。

接著便是這組簡單、直截了當的測驗最後的一項。他被一陣氣味和口味襲擊，大部分令人愉悅，但也有些正好相反。然後，他變成，或說看起來像是被隱形細線操控的傀儡。

他料想是在測試神經肌肉控制，而且希望自己沒有外在表現；不然，他看起來一定就像舞蹈症末期的病人。有一會兒，他甚至還猛烈地勃起，不過還沒來得及檢查，就掉入了無夢的沉眠中。

還是他夢到自己睡著了？醒來之前過了多久，他一點也不清楚。頭罩已經消失，腦工和他的設備也不見了。

護士長笑得很開心：「一切都很好。不過要花幾個鐘頭看看有沒有異常。如果你的讀數KO的話——我是說OK，那你明天就會有自己的腦帽了。」

對於周遭的人努力學習古英語，普爾非常感激，但他禁不住希望護士長沒脫口而出那麼不吉利的話。

等到最後安裝的時刻到來，普爾覺得自己又變成了小男孩，等著要拆開耶誕樹底下美妙的新玩具。

腦工向他保證說：「你不用再經歷一次設定的過程，下載會馬上開始。我將給你一段五分鐘的展示。放輕鬆點，盡情享受。」

柔和而令人放鬆的音樂洗滌著他，聽起來雖然耳熟，是他那個年代的音樂，但他卻無從分辨。他眼前有片霧，當他朝前走去，霧便向兩旁分開。

他真的在走路！這幻覺那麼有說服力，甚至可以感覺到腳掌與地面的撞擊；音樂已經停了，他可以聽到輕柔的風吹過環繞著他的森林。他認得那是加州紅杉，希望它們仍然真的存在，在地球的某處。

他踏著輕快活潑的步伐前進，好像時間輕輕催促他一般，他盡可能跨大步伐，快得稱不上舒適。然而他卻好像沒有出到力氣，覺得自己像是別人身體裡的過客；因為他無法控制自己的動作，使得這種感覺益加明顯。他試著要停下或轉彎，卻什麼都沒有發生，他是搭別人身體的便車兜風。

那也無所謂，他享受著這種新奇的感覺，也能體認這樣的經驗可以令人多麼沉醉。在他的年代，科學家們所預言（通常帶著憂慮）的「夢幻機器」，如今是日常生活的一部分。普爾不禁猜想，有多少人類能活下來。人家告訴他，有許多人都沒能通過，好幾百萬人大腦被燒壞，死去了。

當然，他對這種誘惑可以免疫！他要把它當成學習第三千禧年世界的優秀工具，花幾分鐘就能學會原本要耗上多年光陰才能專精的技術。嗯——可能他也會偶爾純粹為了好玩而使用腦帽……

他來到森林的邊緣，眼光越過一條寬廣的河流。他毫不猶豫地走進水裡，連水已經淹過了頭也沒警覺。他還能正常地呼吸，感覺上是有點奇怪。不過他覺得，在人類肉眼無法對焦的介質中，還看得那麼清楚，倒比較值得一提。他可以清楚看見游過身旁那些壯麗鰱魚的每片魚鱗，而牠們顯然無視於這個侵入者的存在。

美人魚！哇，他一直都想看看的，不過他原本以為她們是海洋生物。還是，她們偶爾也會溯溪而上，像鮭魚一樣來此繁衍下一代？他還來不及問，她就不見了，沒能讓他證明這革命性的理論。

河流終止於一堵半透明的牆，他穿過牆壁，來到烈日下的沙漠。太陽的酷熱炙得他很不舒服，但他仍可直視正午太陽的烈焰。還能以很不自然的清晰度，看到聚集在一側彷若群島般的太陽黑子。還有——當然不可能！他甚至看得到日冕的微弱光輝（通常只有在日全食時才看得到），如天鵝的羽翼般在太陽的兩側伸展。

一切都化成黑暗。鬼魅般的音樂又出現了，伴隨而來的，是他熟悉的房間與令人愉悅的清涼。他睜開眼睛，（闔上過嗎？）發現有個熱切期盼的觀眾正等著看他的反應。

「太棒了！」他小聲地、幾乎尊敬地說：「其中有些似乎——比真實更真實！」

然後，他那從來未曾消失的、身為工程師的好奇心開始蠢蠢欲動。

「就算是這麼短的展示也包含了大量的資訊。你們是怎麼儲存的？」

「在這個光片裡。跟你們的視聽系統用的一樣，不過容量大多了。」

腦工遞給普爾一個小方塊，看來由玻璃製成，表面銀色，差不多是他年輕時那些電腦磁片的大小，不過卻有兩倍厚。普爾前後翻弄光片，試著看進透明的內部，但是除了偶爾閃爍的虹彩，什麼都看不到。

他明瞭，他手中拿著的，是電光科技發展千年之後的終極產品，正如同許多在他的時代還未曾問世的科技一般。而且，表面上與已知器具類似，也是意料中事。日常生活中使用的器具，許多都有方便的大小和外形——刀叉、書本、工具、家具等等；還有可洗去的電腦記憶體。

他問：「它的容量有多大？我們那個時候，這個大小差不多是一兆位元。我想你們一定進步得多。」

「可能沒你想像得那麼多，依照物質的結構來說，總是有個限度。對了，一兆位元是多大？我恐怕不記得了。」

「你真丟臉！千、百萬、十億、兆……那是十的十二次方個位元。然後是千兆位元，十的十五次方，我只知道這麼多。」

「我們差不多就是從那兒開始的，那已經夠把一個人一生的經歷都記錄下來了。」

真是個令人驚奇的想法，不過也不應該太令人意外。人類頭蓋骨內那一公斤的膠狀物，並不比他手上的光片大多少，而且不是很有效率的儲存裝置，它同時得負責許多其他任務。

腦工繼續說下去：「還沒完呢！如果配合資料壓縮的話，不只可以儲存記憶，連人都能裝進去。」

「然後讓他們再生嗎？」

「當然了，那是『毫微組合』的雕蟲小技。」

我是聽說過，但從來沒有真的相信，普爾對自己說。

在他那個世紀，能夠把偉大藝術家一生的作品統統儲存在一片小小的磁片裡，似乎已經夠美妙了。

而現在，不比磁片大多少，竟然連藝術家都裝得進去。

第七章 簡報

「真高興，」普爾說：「過了這麼多世紀，史密森尼博物館還存在。」

「你可能認不得了。」自我介紹是星航署署長的亞力斯塔．金博士說道：「尤其整個博物館現在分散在太陽系裡——地球外的主要蒐藏點在火星和月球，其他還有很多依法屬於我們的展示品，現在都還朝著別的恆星飛去。總有一天，我們會追上，帶它們回來。我們特別急著要抓回『先鋒十號』，它是第一個溜出太陽系的人工物品。」

「我相信他們找到我的時候，我也差一點就溜出去了。」

「你運氣好——我們也是。很多我們不知道的事，說不定你可以提供線索。」

「坦白說，我倒很懷疑，不過我會盡力而為。在那個失控的分離艙撞到我之後的事，我一點都不記得了。不過我還是覺得難以置信，聽說『哈兒』要負責？」

「沒錯，但是事情經過相當複雜。我們所知道的都在這份紀錄裡——差不多是二十小時左右，不過大部分應該都可以『快轉』過去。

「你應該知道，大衛．鮑曼乘二號分離艙去救你，結果卻被鎖在太空船外面，因為哈兒拒絕打開太空船出入口。」

「老天，為什麼？」

金博士怔了一下，這不是普爾第一次注意到人家這種反應。

（我得小心措辭才行，在這個世紀，「老天」好像是髒話——一定要問問茵卓。）

「哈兒的指令有些程式上的大問題——那次任務有某些層面是你和鮑曼都不知道的，而哈兒卻有掌控權。在這個紀錄裡都有……

「無論如何，哈兒切斷了其他三個冬眠太空人的維生系統——他們是α小組——所以鮑曼也只好拋去他們的屍體。」

（所以大衛和我是β小組嘍，這我倒不知道……）

「他們怎樣了？」普爾問：「難道不能像救我一樣，把他們也救回來嗎？」

「恐怕沒辦法，當然我們也研究過可行性。鮑曼從哈兒手上奪回控制權之後，又過了幾個小時才把他們射出去。所以他們的軌道和你有點不一樣，足以讓他們在木星上燒毀——你卻擦邊而過，要是再過幾千年，那個重力推助會讓你一直飄到獵戶星雲去……

「一切都是手動強制接管，實在是了不起的表現！鮑曼設法讓發現號環繞木星運行，然後在那裡碰到被『第二探險隊』稱為『老大哥』的東西──看來跟第谷石板一模一樣，卻大了幾百倍。

「我們就在那兒失去他的蹤跡，他坐上僅剩的分離艙離開發現號，和老大哥會合。快一千年了，他最後的訊息一直困擾著我們。他說：『上蒼啊，滿是星星！』」

（又來了！普爾告訴自己，大衛才不會這麼說……他一定是說「老天啊，滿是星星！」）

「顯然分離艙是被某種慣性場拉進了那塊石板，因為那樣的加速度原本可以把分離艙和普爾都壓扁，他們卻都安然無恙。在美俄聯合的『里奧諾夫』任務之前差不多有十年左右，大家所知僅止於此。」

「他們跟被遺棄的發現號會合，錢德拉博士才能上船，重新啟動哈兒。是的，我知道。」

金博士看來有點尷尬。

「抱歉，我不確定你到底聽說了多少。總之，那時發生了更奇怪的事情。

「里奧諾夫號的抵達，顯然觸動了老大哥的某種機制。如果不是這些紀錄，沒人會相信所發生的事。我放給你看……這是海伍．佛洛依德博士，電力恢復後他在發現號上守夜，你一定認得每樣東西吧。」

（我的確認得。而看著死去已久的海伍．佛洛依德坐在我的老位子上，還有哈兒不再閃爍的紅眼睛在檢查著視野中的每樣東西，這是多麼奇怪呀……更怪的是，想到哈兒和我都享有死而復生的經驗……）

其中一個監看器上出現一則訊息，佛洛依德懶懶地答道：「好吧，哈兒，誰在呼叫？」

未表明。

佛洛依德顯得有點不耐煩。

「好吧，請告訴我訊息內容。」

留在這裡很危險，你在十五天內一定要離開。

「絕對不可能，要二十六天以後才會出現『發射窗口』。我們沒有足夠的推力提早出發。」

我瞭解這些狀況。即使如此，你還是得在十五天內離開。

「除非知道訊息來源，不然我無法相信……是誰在跟我說話？」

我本是大衛．鮑曼，你非得相信我不可。看看你後面。

海伍．佛洛依德坐在旋轉椅上，從控制電腦的一排排鍵盤與按鈕前慢慢轉過身來，看著原本在身後、覆蓋著魔鬼氈的狹窄通道。

（「仔細看喔。」金博士說。

這還用你說，普爾想著……）

零重力的發現號上層甲板，比普爾的印象中髒多了。他想，或許是空氣濾清設備還沒連上電腦吧。一束平行光線，來自雖遙遠但仍明亮的太陽，流瀉進巨大的觀景窗，照亮了無數遵循布朗運動模式飛舞的塵埃。

然後，這些灰塵分子發生了奇怪的狀況：似乎有某種力量在引導它們，把中央的趕到外頭，又把外面的推向中間，直到它們形成一個球面。這直徑約有一公尺的球體，在空中徘徊了一陣，像個巨型肥皂泡。然後它拉長成橢球形，表面也開始出現皺摺與凹陷。而當它開始顯現人形時，普爾一點也不覺得意外。

他曾在博物館和科學展覽中，看過這樣的人形從玻璃裡吹出來。不過這個灰塵幽靈一點也不精確，它像個粗糙的黏土雕像，或說像是在石器時代洞穴中發現的工藝品。只有頭部經過仔細的雕琢，而那毫無疑問是大衛．鮑曼指揮官的臉。

嗨，佛洛依德博士，你現在相信我了吧。

人形的嘴唇並沒有動，普爾察覺到那個聲音（確實是鮑曼的聲音沒錯）其實是從揚聲器裡傳出來的。

這對我來說非常困難，我沒有多少時間。我獲准傳達這則警訊，你們只有十五天。

「為什麼？你又是什麼東西？」

但那個鬼魅般的人形已經開始消失，粒狀的外層開始分解成原本的塵埃分子。

再見，佛洛依德博士，我們不能再聯絡了。如果一切順利，可能還會有另一則訊息。

在影像消逝之際，這句老太空時代的口頭禪讓普爾不禁莞爾。「如果一切順利」——不知有多少次，在任務之前他總會聽到這句話！

鬼影消失了，只剩下飛舞的微塵，又恢復原本隨機舞動的模式。普爾努力振作精神，才能回到現實。

「嗯，指揮官，你認為那是什麼東西？」金博士問他。

普爾尚未從震撼中恢復，好幾秒之後才反應過來。

「臉孔和聲音是鮑曼的沒錯——我可以發誓。可是，那到底是什麼東西？」

「我們到現在都還爭論不休，可以說它是全訊像、是投影——當然了，如果有心的話，造假的方法多得是；但卻不是在那種情況下！當然啦，之後就發生了那件事。」

「太隗？」

「對，多虧那則警訊，在木星爆炸前，他們剛好有足夠的時間逃出來。」

「所以不管它是什麼，那個像鮑曼的東西很友善，而且想幫忙。」

「想必如此，而且那也不是它最後一次出現。還有另一則訊息，是警告我們不可試圖登陸『木衛二歐羅巴』上，或許也是它帶來的。」

「所以我們從未登陸過？」

「只有一次，純屬意外——三十六年之後，『銀河號』被劫持，迫降在那裡，而它的姊妹船『宇宙號』不得不去救它。都在這兒了——裡面有一些『自動監看器』記錄到關於歐羅巴生物的事。」

「我等不及要看看。」

「牠們是兩棲類，什麼形狀什麼大小都有。一旦太陽開始融解覆蓋那個世界的冰雪，牠們便從水中冒出來。從那時起，牠們就以一種生物學上不可能的速度在演化。」

「就我對歐羅巴的印象所及，冰上不是有很多裂縫嗎？說不定牠們早就爬出來，觀望好一陣子了。」

「這個說法廣為接受，不過還有一個臆測性高得多的理論。石板可能脫不了干係，詳細情形我們還不瞭解。觸發那種思路的，是TMA0的發現。就在地球上，差不多是你的時代之後五百年，你應該已經聽說了吧？」

「模模糊糊——有太多東西要惡補了！不過我真的認為名字取得有點可笑，它既沒有異常磁性，又是在非洲而不是在『第谷』發現的！」

「你說得相當正確，不過我們還是沿用那個名字。我們對石板知道得愈多，懷疑就愈深一層。尤其它們仍是地球以外存有先進科技的唯一證據。」

「這倒挺讓人驚訝的。我還以為到了這個時候，我們已經從某處接收到什麼電波訊號了。我還是小孩時，天文學家就開始尋覓了！」

「嗯，是有個線索啦——不過很可怕，我們不大喜歡談。你聽說過『天蠍新星』

嗎？」

「好像沒有。」

「當然啦，每天都有恆星變成新星，這個也沒什麼大不了的。但它爆炸前，我們已經知道天蠍新星有幾顆行星。」

「有人居住嗎？」

「完全無從判斷，電波搜尋什麼也沒發現。而真正的夢魘這才開始……

「幸運的是，自動新星監測器在事件一發生的時候就發現了。爆炸並非起自恆星本身，是其中一顆行星先爆炸，然後才觸發了它的太陽。」

「我的老……對不起，請繼續。」

「你真是一點就通，行星根本不會變成新星——只有一個例外。」

「我曾在一本科幻小說裡面讀到一則黑色幽默，它說——『超新星是工業意外』。」

「它不是超新星，可能也不只是個笑話。最廣為接受的理論是，某種外力在使用真空能量，結果失控了。」

「也有可能是戰爭。」

「一樣糟糕，我們可能永遠不會知道。既然我們依賴的是相同的能源，你就知道天蠍新星為什麼讓我們作惡夢了。」

「我們那時候，只需要擔心核電廠爐心別融解就好了！」

「上蒼保佑，已經不用了！不過我真的很想多告訴你一點TMA0發現的經過，因為它標示著人類歷史的轉捩點。

「在月球上發現TMA1已經夠嚇人了，但是五百年之後，卻出現了個更糟糕的，而且就在老家旁邊——你要怎麼解釋老家都行。就在這兒，我們腳下的非洲。」

第八章　重返奧都韋峽谷

史帝芬，笛兒馬可博士常常告訴自己，雖然這裡距離李基夫婦五百多年前挖出人類第一個祖先的地方只有十來公里，但是他們大概再也認不得這個地方了。全球氣溫上升與「小冰河期」（被了不起的科技給縮短了）改造了景觀，也徹底改變了這裡的生物相。橡樹和松樹仍然努力向上生長，要與氣候變化一較短長。

若說現在，西元二五一三年，在奧都韋峽谷還有東西沒被那些狂熱的人類學家給挖出來，實在很難令人相信。然而，最近爆發的山洪（其實根本不應該再發生的）重塑了這個地區，切掉了幾公尺厚的表土。笛兒馬可利用這大好機會——就在那裡，在深層掃描的極處，出現了某樣令他無法完全置信的東西。

花了一年多緩慢而小心的挖掘工作，才能接近那個鬼魅般的形體，並獲知真相遠比他所敢想像的更奇怪。挖掘機迅速移去上面幾公尺的表土，然後便依照傳統，由奴隸般的研究生接手。他們的工作得到四隻猩猩的協助——或說妨礙，笛兒馬可倒是覺得牠們帶來的麻煩大於牠們的價值。然而，學生都愛極了這些基因改造過的猩猩，像對待智能不足卻討人喜愛的孩子一般。也有傳言說，這種關係可不是僅止於精神層面。

無論如何，最後這幾公尺完全由人手進行，通常是使用牙刷——還是軟毛的，在上面輕輕地刷。現在總算完工了：即使是霍華．卡特，那位看見圖唐卡門金字塔第一道金光閃爍的人，也未曾發現這樣的寶物。從此刻開始，笛兒馬可知道，人類的信仰與哲學將有翻天覆地的改變。

這塊石板，看來和五百年前在月球上發現的那塊是雙胞胎，就連周圍的挖掘穴，大小也幾乎一模一樣。像TMA1一般，它也完全不反光，非洲烈日眩目的強光與太隗蒼白的微光，都被它一視同仁地吸收掉了。

一面領著相關人士下到挖掘穴裡（包括六、七位世上最有名的博物館館長，三位傑出的人類學家和兩位媒體領袖），笛兒馬可一面在想，這麼一群傑出優秀的人士，是否曾經如此沉默。但只要他們瞭解了周圍數以千計的人造器物所代表的意義，這漆黑的長方石板絕對會製造出這樣的效果。

這裡是考古學家的寶窟——粗糙打磨的燧石工具、數不清的人骨、獸骨，全部都細心地排列過。數百年以來，不，數千年以來，這些卑微的禮物，被擁有智慧曙光的人類祖先帶到這兒，奉獻給超出他們理解之外的神奇。

同樣也超出我們的理解之外，笛兒馬可常常這麼想。不過有兩件事他是很確定的，雖然他不知能否證明。

這就是——時間也好、地點也好——人類真正的開始。

還有，這塊石板，便是人類諸多神祇的起源。

第九章 空中花園

「昨晚我房裡有老鼠。」普爾半開玩笑地抱怨：「可不可能幫我找隻貓來？」

華勒斯博士看來有點迷惑，繼而哈哈大笑。

「你一定是聽到哪隻清潔微電鼠的聲音了。我會去檢查程式，免得再吵到你。如果你瞥見哪隻在值勤，小心別踩到它。若是真的踩到了，它會呼救，把所有的同伴都叫來收拾殘局。」

這麼多東西要學——時間卻那麼少！不，普爾提醒自己，事情並非如此。很可能有一整個世紀在等著他，而這都要歸功於這個時代的醫學科技。這想法帶給他的與其說是喜悅，倒不如說是恐懼。

但至少他現在能輕輕鬆鬆聽懂大部分的談話，也學會正確的發音，讓茵卓不再是唯一能瞭解他的人。他很高興如今英文是世界語言了，雖然法文、俄文和中文仍有眾多使用者。

「我還有另外一個問題，茵卓——大概也只有你能幫我。為什麼每次我說『老天』，別人都一副很不自在的樣子？」

茵卓不但沒有不自在的樣子，還大笑了起來。

「說來話長。如果我的老友可汗博士在這兒就好了，他會解釋給你聽——不過他人在木衛三甘尼米德，治療那些所剩不多的『善男信女』。在所有的古老信仰都被否定之後——哪天我一定要告訴你教宗碧岳二十世的事情，他是歷史上最偉大的人物之一——還是需要一個名字來代表『第一因』或『宇宙的創造者』，如果真有那麼一個的話……

「有很多建議，『上主』啦，『真神』啦，『諸神』啦，『梵天』什麼的。統統都試過了，其中有些到現在還有人用，尤其是愛因斯坦最喜歡的『老傢伙』。不過現在好像流行用『上蒼』。」

「我會儘量記住，不過我還是覺得滿蠢的。」

「你會習慣的。我還會教你一些其他合宜的感嘆詞，用來表達你的感覺……」

「你說所有古老的宗教都被否定了，那現在的人信什麼呢？」

「少之又少。我們不是泛神論者，就是一神論者。」

「聽不懂了，請下定義。」

「在你的時代，這兩者已經有所不同；不過現在最新定義如下：一神論者相信頂多只有一個神；泛神論者則說不只一個神。」

「對我來說，沒什麼差別。」

「並非人人如此；如果你知道那掀起了多嚴重的爭論，一定會很驚訝。五世紀以前，有個傢伙用所謂的『超現實數學』去證明在一神論與泛神論中間有無限多個等級。結果，當然就像大多數挑戰無限大的人一樣，他最後瘋了。順便告訴你，最有名的泛神論者都是美國人——華盛頓啦，富蘭克林啦，還有傑佛遜。」

「比我的年代稍微早些——不過，很多人都搞不清楚這點，真令人訝異。」

「現在我有好消息要宣布。安德森教授終於說，那個詞是什麼？ＯＫ。你已經恢復得差不多，可以搬到自己的房間安頓下來了。」

「真是個好消息。在這裡大家都對我很好，不過我樂於擁有自己的天地。」

「你需要新衣服，還要有人教你怎麼穿，並且幫你處理很花時間的日常瑣事。所以我們自作主張幫你安排了一個私人助理。進來吧，丹尼……」

丹尼是個身材矮小、膚色微黃，大概三十多歲的男子。出乎普爾意料之外，他並不像別人一樣與普爾擊掌招呼，藉此交換訊息。沒錯，普爾沒多久就看出丹尼沒有「身分」：碰到需要的時候，他就拿出一片小小的長方形塑膠片，那顯然與二十一世紀時的「智慧卡」功能相同。

「丹尼同時也是你的嚮導和──那叫什麼？我老是記不得──發音跟『南胡』差不多的。他接受過這項工作的特別訓練，相信會讓你十分滿意。」

雖然普爾很感激這樣的安排，不過還是感到有點不太自在。一名男僕，拜託！他甚至想不起來自己是否曾經見過；在他那個時代，僕人就已經是瀕臨絕種動物。他開始覺得自己像是二十世紀早期英文小說裡的人物了。

「在丹尼準備幫你搬家的時候，我們來個小小的旅行，到上面……到『月層』。」

「太棒了。有多遠？」

「喔，大概一萬兩千公里吧。」

「一萬兩千公里！那要好幾個鐘頭！」

茵卓似乎對他的反應有點驚訝，隨即露出微笑。

「沒有像你想的那麼遠。我們還沒有『星艦影集』裡的傳輸器──不過我相信他們還在努力！所以你有兩個選擇，我也知道你會選哪一個。我們可以坐外電梯上去，順便欣賞風景；或者搭內電梯，享受一頓大餐和一點娛樂。」

「我不懂怎麼有人想待在裡面。」

「這你就不知道了。對某些人而言，那可是很令人頭昏眼花的——尤其是住在低層的人。一旦高度不再是用公尺，而是用幾千公里為單位，就連自詡不怕高的登山客也會臉色發青。」

「我願意冒這個險，」普爾帶著笑容回答：「我還去過更高的地方。」

他們通過設在高塔外牆的雙層氣閘，（是想像力作祟嗎？還是他真的感覺到一陣暈頭轉向？）便進入一處類似小型戲院的地方。觀眾席一排十張椅子，共有五排，分成五層，全部朝著一面巨大的觀景窗。這樣的景象仍令普爾驚慌失措，因為他沒法完全忘卻數以百噸的氣壓猛然爆入太空的景象。

其他的十來位乘客，可能從來沒想過這個問題，看來是十分安逸。當他們認出普爾後，都對他頷首微笑，然後轉回頭去繼續欣賞風景。

「歡迎來到天空廳。」一成不變的自動語音說道：「我們將於五分鐘後開始上升，下層備有點心及盥洗室。」

這趟旅行不知道要多久？普爾納悶。我們要旅行超過兩萬公里，一來一回：這將和我在地球上所知道的任何電梯旅行，都不相同……

在等待上升的時候，他盡情地欣賞在兩千公里下方展開的、令人驚嘆的景觀。現在是北半球的冬天，不過氣候真的改變得很厲害，因為在北極圈南部只有一點點雪。

歐洲幾乎晴朗無雲，清楚的地理特徵讓普爾目不暇給。他一個接一個認出那些歷史上赫赫有名的大都市；即使在他的時代，這些都市也已經開始縮小；隨著通訊科技改變了世界的面貌，這些都市現在變得更小了。還有一些水域出現在不大可能的地方——在撒哈拉北部的沙拉定湖，就幾乎是個小型海洋。

普爾全神貫注在風景上，幾乎忘了時間的流逝。他突然發覺早就過了不只五分鐘，可是電梯還是靜止的。有什麼事不對勁嗎？還是他們在等某個遲到的旅客？然後他發現一件十分古怪的事情，讓他起初拒絕相信自己的眼睛。景色擴大了，好像他已經上升了數百公里一般！甚至當他注視著的時候，還注意到有新的地貌爬進窗框。

普爾笑了起來，因為他想到了再明顯也不過的解釋。

「差點被你騙過去了，茵卓！我還以為是真的，不是錄像投影！」

茵卓揶揄地望著他。

「再動動腦筋吧，法蘭克。我們十分鐘前就開始上升了。現在時速至少是一千公里。雖然我聽說這種電梯可以達到一百倍重力加速度，不過在這麼短的旅程中則不會超過十倍。」

「不可能！在離心機裡最多只能到六倍，我也不喜歡體重變成半噸的感覺。我們進來之後就沒有移動過，我確定。」

普爾稍微提高了聲音，突然警覺到其他的旅客都在假裝不注意他們。

「我不曉得他們怎麼辦到的，法蘭克。不過這叫慣性場，有時候也叫『沙哈魯普理論』，『沙』是指著名的俄國科學家沙卡洛夫。其他的我就不知道了。」

漸漸地，普爾心裡逐漸清明，還伴隨著一種敬畏的詫異感：這的確是「與魔法無異的科技」。

「以前我有一些朋友，曾經幻想過『太空引擎』——也就是可以取代火箭的能量場，移動時讓人感受不到任何加速度。我們大部分的人都覺得他們異想天開，不過現在看來他們倒是對的！我還是很難相信……而且，除非我弄錯，我們開始失重了。」

「對——正在調整到月球值。等一下我們走出去的時候，會覺得自己在月球。不過看在老天的分上，法蘭克——拜託你忘掉自己是工程師，好好欣賞風景就好。」

這個建議不錯，但即使在看著完整的非洲、歐洲和大半的亞洲飛入眼簾之際，普爾還是無法忘懷這驚人的發現。不過，不應該那麼驚訝的。他也知道從他的時代開始，太空推進系統已有重大的進展，卻沒想到會在日常生活中出現這麼戲劇性的應用——如果說三萬六千公里高的摩天大樓，也算是日常生活的話。

火箭時代一定在好幾個世紀前就結束了。他所有的知識，無論是關於推進系統、燃燒室、離子推進器或聚變反應爐，都完全過時了。當然，那些都已經無所謂——但是他可以瞭解，當帆船被蒸汽船給淘汰時，那些船老大是如何的悲哀。

自動語音宣布：「我們將於兩分鐘後抵達，請不要忘記您隨身攜帶的行李。」此時，普爾的心情突然變了，忍不住微笑起來。

在一般的商業飛行時，他不知聽過多少次這樣的廣播。他看看自己的手錶，驚訝地發現他們才上升不到半個小時。那就是說，平均時速至少是兩萬公里，可是他們又似乎從沒移動過。更奇怪的是——最後十分鐘、甚至更久的時間，他們一定很急速地減速，照理說他們應該都頭下腳上地站在天花板上才對！

門靜靜地打開，普爾走出去時，又感到一陣輕微的暈眩，像剛進電梯時他注意到的一樣。不過這回他知道這代表著什麼：他正通過過渡區，即慣性場與重力重疊之處——在月層這個擁有與月球相同重力的地方。

雖然地球不斷遠離的景色令人敬畏，不過對一名太空人來說，那也沒什麼好意外或訝異的。但誰會想到一間巨大的內室，占了塔的整個寬度，使得最遠的牆也在五公里之外？也許在這個時代，月球和火星上已經有更巨大的封閉空間，不過這裡也一定是太空中數一數二的。

他們正站在一座觀景平台上，在外牆五十公尺高處，望向令人驚異的絢麗景觀。顯然，這裡似乎努力要重塑地球的完整生物群系。在他們正下方，是一片細細長長的樹林，普爾剛開始還認不得，後來才恍然大悟：原來是適應了六分之一地球重力之後的橡樹。他納悶，不知道棕櫚樹在這兒會長成什麼樣子？也許會像巨大的蘆葦吧……

不遠不近處有個小湖，湖水來自一條蜿蜒曲折流過草原的小河，河的源頭消失在看來像棵巨大榕樹的東西裡。不知水源來自哪裡？普爾注意到微弱的轟隆聲，眼光沿著微弧的牆面而去，發現了一個小型尼加拉瀑布，上方的水霧中還懸浮著一道完美的彩虹。

就算他可以在那兒駐足欣賞良久，也仍舊看不盡這些模擬地球而製作的複雜又設計高明的美景。當勢力拓展至不友善的新環境時，或許人類會感到愈來愈強烈地需要記住自己的起源吧。當然啦，就連在他的時代，每個都市也都有自己的公園，作為（通常是很薄弱的）「大自然」對人類的提醒。這裡一定也上演著相同的衝動，不過尺度則宏偉多了。這裡就是非洲塔的中央公園！

「我們下去吧，」茵卓說：「還有好多東西可看，我也不像以前那麼常來了。」

雖然在這麼低的重力下走路絲毫不吃力，不過他們偶爾也會搭乘小小的單軌列車；中間還曾停下來，到一家巧妙隱藏於兩百五十公尺高的紅杉樹幹中的咖啡館裡，吃了些點心。

附近人不多——跟他們一塊兒來的旅客，早就消失在風景裡了——所以這美妙的風景就好像是他們自己的一般。每樣東西都維護得那麼漂亮，想必是由機器人大軍負責的吧，這偶爾會讓普爾想起自己還是個孩子的時候，到迪士尼樂園玩的情形。不過這裡更好，沒有人潮，只有一點點東西會讓人聯想到人類和人造器物。

他們欣賞著這裡了不起的蘭花特區，有些蘭花尺寸驚人。就在此時，普爾經歷了一生中最大的震撼。那時他們正走過一間典型的小小園丁工具房，門打開——園丁出現了。

普爾一向對自己的自制力相當自豪，從來也沒想過，都已經是個大人了，他還會因為恐懼而失聲大叫。像他那個年代的所有男孩一樣，他看過所有的「侏羅紀」電影——面對面看到一隻暴龍的時候，他還認得出來。

「我真的非常抱歉，」茵卓帶著明顯的關切：「我忘了警告你。」

普爾緊繃的神經恢復了正常，當然，在井井有序若此的世界裡，不可能會有危險，但這還是……！

暴龍對普爾的瞪視回以漠然的一瞥，隨即急忙退回工具房中，然後帶著一支耙子和一把大花剪再度出現，還把花剪丟進掛在肩頭的袋子裡。牠用鳥兒般輕盈的步伐走開，頭也不回地消失在十公尺高的向日葵後面。

「我要跟你解釋，」茵卓後悔地說：「能不用機器人的話，我們喜歡盡可能使用生物體——我想這算是碳基沙文主義吧！只有少數動物具有靈巧的手，牠們一律有用武之地。

「這是至今無人能解的謎。你一定覺得，基因改造過的草食動物，像黑猩猩和大猩猩會比較適合這類的工作。其實錯了，牠們沒那個耐心。

「然而肉食動物，像是這裡的這位朋友卻很優秀，又容易訓練。更有甚者——這是另一個弔詭——修正過之後，牠們既溫馴，脾氣又好。當然牠們背後有著將近一千年的基因工程，你看看原始人是怎麼改造狼的，只能嘗試錯誤而已！」

茵卓哈哈笑了幾聲，又繼續說道：「你可能不相信，法蘭克，牠們還是很好的保母呢——小孩愛死牠們了！有個五百年歷史的老笑話說：『你敢讓恐龍陪你的小孩？什麼？讓恐龍冒生命危險嗎？』」

普爾跟著一塊兒大笑，部分原因是嘲笑自己的恐懼。為了換個話題，他問了另一件仍舊困擾著他的事。

「這些，」他說：「真的是很棒——可是，為什麼要這麼麻煩？塔裡的人可以花同樣的時間就接觸到真正的自然景物，不是嗎？」

茵卓若有所思地看著他，衡量著自己要說的話。

「並不盡然。對那些住在二分之一G層的人來說，下到地表不但不自在——甚至還有危險，就算坐飛椅也一樣。」

「我才不會！我可是生在長在正常重力下的——而且在發現號上也未疏於運動。」

「這點你就得聽安德森教授的了。我可能不應該告訴你，不過你的生理時鐘，引起了不小的爭論。顯然它並未完全停止，我們猜測，你目前的生理年齡應該界於五十到七十歲之間。雖然你現在狀況不錯，但也不能期待恢復全部的體力——都已經過了一千年了！」

我總算知道了，普爾淒涼地告訴自己。這就解釋了安德森教授的推託，還有自己做過的那些肌肉反應測試。

我從木星那兒大老遠回來，都已經到了離地球兩千公里的地方——然而，不管我在虛擬實境中看過它多少次，我可能再也無法走在母星的地表上了。

我真不知道自己能不能承受……

第十章 蠟翼展翅

他的沮喪感很快就消失了：有這麼多事情要做要看。就算活一千輩子大概都不夠，問題卻在於，在此世紀所能提供的無數娛樂中，該選擇哪一個。他雖試著避開瑣事，專注在比較重要的事情上——尤其是教育方面的，但並非總是成功。

腦帽，以及書本般大小的播放器——理所當然叫做「腦盒」，在此可就有了極大的價值。沒多久，他就擁有一個由許多「速食知識」光片所組成的圖書館，每片內含的知識都足以抵得上一個大學學位。當他插入其中一片到腦盒，調整到最適合的強度與速度時，就會出現一道閃光，接著他會有一個小時不省人事。等他醒過來，就像是心靈打開了一片新領域；不過若非刻意尋找，他並不會察覺那些知識的存在。那就好比圖書館的主人，突然發現了成堆原來屬於自己的書。

大體上來說，他是自己時間的主人。出於義務——以及感恩的心理，他盡可能答應來自科學家、歷史學家、作家與藝術家的要求，其中那些藝術家通常用的都是他搞不懂的媒體。還有四大高塔居民們數不清的邀請，實際上他都被迫要回絕。最誘人──也最難抗拒的──是來自於下方美麗行星的邀約。「當然啦，」安德森教授告訴過他：「如果帶著適當的維生系統下去，短時間內是沒有問題，但是你不會覺得愉快。甚至可能會更削弱你的神經肌肉系統，它並沒有從一千年的沉睡中真正恢復過來。」

他的另一位守護者，茵卓．華勒斯，則保護他免於不必要的騷擾，並建議他該接受哪些邀請，又該婉拒哪些。對他來說，大概永遠也搞不懂這個複雜文明的社會政治結構。不過他很快就知道，雖然理論上階級分野已經消失，但還是有幾千名超級公民存在。喬治．歐威爾是對的，有些人永遠比別人更平等。

過去曾有幾次，受到二十一世紀經驗的制約，普爾會猜想：究竟是誰在負擔這些食宿款待──會不會哪天有人交給他一份相當於天文數字的旅館帳單？不過茵卓很快就跟他保證：他可是獨一無二的無價展品，根本不用去擔心這種世俗問題。不管他想要什麼東西──只要合理，他們都會替他辦到。他不知底線為何，但卻未曾想到，有一天自己會嘗試找出這些底線。

生命中所有重要的事都是意外發生的。當一個驚人的影像攫住他的注意之際，他的壁上顯示器正被他設定在無聲的隨機瀏覽狀態。

「停止瀏覽！音量調大！」他大吼，其實根本不需要這麼大聲。

他聽過那個音樂，不過好幾秒後才辨識出來。其實，他牆上的這番景象大有幫助，畫面中滿是長著翅膀、優雅地飛來飛去的人。不過，柴可夫斯基如果看到這種「天鵝湖」表演，恐怕也會大吃一驚吧，因為那些舞者是真的在飛翔……

普爾出神地看了好幾分鐘，直到確定是真實而非模擬：就算在他自己的時代，也不可能十分確定。想必這場芭蕾舞劇，是在某個低重力環境裡演出的——由某些場景，可以看出是個相當大的場地。甚至可能就在非洲塔這兒。

我要試試看，普爾暗自決定。航太總署曾禁止他從事花式跳傘（他最喜歡的休閒之一），他還一直耿耿於懷。他也了解總署的著眼點，因為他們不願拿珍貴的投資冒險。醫生相當在意他早年滑翔翼比賽的意外，幸而，他年輕的骨頭已經完全癒合。

「嗯，」他想著：「現在沒有人可以阻止我了……除了安德森教授……」

讓普爾大鬆一口氣的，安德森竟然覺得這是絕佳的主意，而普爾也很高興得知，每座塔都有自己的「鴿籠」，就在十分之一G層。

他們花了幾天時間，替他量身打造翅膀，結果做出來的東西一點都不像是天鵝湖舞者穿著的那種優雅款式。伸縮性的薄膜取代了羽毛，當他抓著支架上的把手，才瞭解自己看起來只怕不太像鳥，反而比較像蝙蝠。然而，他對教練說的那句：「飛吧，吸血鬼！」說了也是白說，因為那傢伙顯然從未聽說過吸血鬼。

頭幾堂課他被輕型甲冑拘束著，所以在學基本展翅和最重要的控制與穩定技巧時，他哪兒也飛不去。像許多的非先天技巧一樣，這可不像看起來那麼容易。

他覺得穿著安全甲冑很蠢，怎麼會有人在十分之一G下受傷嘛！——不過又很高興，自己只需要上幾堂課就好；他的太空人訓練無疑大有幫助。飛翔專家告訴他說，他是所有學生裡最好的一個，不過也許他對每個學生都這麼講。

在一個四十公尺見方、零星分布著難不倒他的障礙物的大廳中，來回飛了十多次之後，普爾就得到了首度單飛的許可。他覺得自己又回到十九歲，正坐在旗杆鎮飛行俱樂部的老西斯納輕航機裡準備起飛。

鴿籠，這是個平凡無奇的名字，並未特別為他準備這次處女航的場地。不過這裡看來卻比下面月層那個有森林和花園的空間還大。兩者大小其實差不多，因為它也占滿錐狀塔的一整層。圓柱狀的空間，高五百公尺，寬則超過四公里，由於完全沒有視覺重點，所以顯得十分巨大。牆壁是一式的淺藍色，也給人一種無盡太空的印象。

普爾並不怎麼相信飛翔專家誇下的海口：「你想要什麼場景都行。」他打算刁難他，給他一個不可能的挑戰。不過他的首次飛行，是在令人昏眩、完全沒有視覺娛樂效果的五十公尺高處。當然啦，在地球上，一個人若從同樣的高度掉下來，可以把脖子摔斷；但在這裡，卻連碰出一點點小瘀青都不大可能，因為整個地板覆著一層由彈性粗索織成的網子。這個房間就像巨大的彈跳運動床，普爾想，在這裡一定可以玩得很樂——就算沒翅膀也一樣。

藉著有力的、向下的振翅，普爾逐漸升空。像是瞬間就升上了數百公尺，而且還不斷上升。

「慢一點！」飛翔專家說：「我跟不上你了！」

普爾稍微調整了一下，並慢慢地嘗試來次滾轉。他覺得不只是頭變輕了，身體也是，（還不到十公斤！）同時想著氧氣濃度不知上升沒有。

真是美妙——跟無重力大不相同，因為這還伴隨著體力的挑戰。最接近的活動大概是水肺潛水：他希望這裡有鳥兒，便可以與那些常伴著他在熱帶珊瑚礁潛水的魚兒相媲美。

飛翔專家讓他進行了一系列的課程——翻滾、繞圈、顛倒飛行、盤旋……最後他說：「我已經沒有什麼可教你的了，現在咱們好好欣賞風景吧。」

有那麼一會兒，普爾差點就失去控制——也許人家早等著看他出醜。因為，連絲毫警告也沒有，他便突然被覆雪的山峰圍住，而且正往下飛過一條窄窄的通道，離嶙峋的岩壁僅有幾公尺。

當然不可能是真的。那些山岳就和雲朵一般虛無縹緲，只要他高興，也可以直接穿過去。雖然如此，他還是改變了方向，飛離岩壁（其中一塊突出的岩石上還有窩鷹巢。他覺得如果再飛近一點，就可以伸手碰到巢裡的兩顆鳥蛋），然後朝著寬廣的天空飛去。

山巒消失了，突然間已是夜晚。然後，星星出來了——不是像貧瘠的地球天空一般，只有可憐兮兮的幾顆，而是滿天繁星，不可勝數。不只是星星，還有遙遠的漩渦狀星系，和擠滿了恆星的球狀星團。

就算他被神奇地傳送到某個真正擁有這般天空的世界，這也不可能是真的。因為，星系在他眼前不斷後退；恆星在消逝，在爆炸，在如火霧般熾熱的恆星溫床中誕生。一秒鐘，必然就是一百萬年的流逝……

這壯觀的場景，和開始時同樣迅速地消失了。他又回到空盪盪的天空，只有自己和教練，在鴿籠乏味的藍色圓柱空間裡。

「我想今天這樣就夠了。」飛翔專家在普爾上方幾公尺的地方盤旋，「下次你想要什麼景色？」

普爾沒有絲毫的猶豫，他微笑著回答了這個問題。

第十一章　龍來了

就算以此時此日的科技來看，他也不相信有這種可能。要在過去的世紀中累積多少兆位元（千兆位元，真有足夠大的數字可以形容嗎？）的資訊，又是儲存在何種媒體中？最好別再想了，就照著茵卓的忠告：「忘了自己是工程師——盡情地玩吧。」

他現在的確玩得很高興，但喜悅之中，卻挾著幾乎是排山倒海而來的鄉愁。因為，他正飛在年輕時代難以忘懷的壯觀景色上空，約兩公里左右的高度（或者看起來像是）。當然這些景象都是假的，因為鴿籠只有五百公尺高，不過視覺效果十足。

他繞著大隕石坑飛，憶起在他以前的太空人訓練中，還曾經沿著邊緣爬上去。怎會有人懷疑它的起源，還有它命名正確與否，真是令人難以想像！不過，就算到了二十世紀中期，傑出的地質學者還在爭辯，它是不是火山造成的。一直要等到太空時代來臨，才「勉強地」承認，所有的行星都仍受到持續的撞擊。

普爾相信，他的最佳巡航速度大約是一小時二十公里，而非兩百公里。不過，規定要他在十五分鐘之內飛到旗杆鎮。反射著白色光芒的羅威爾天文台穹頂，是他小時常去玩耍的地方，裡面友善的工作人員，無疑大大影響了他對職業的選擇。他有時會懷疑，如果不是誕生在亞歷桑納州，離歷久不衰的火星人傳說起源處這麼近，他會從事什麼工作？也許是想像吧，不過普爾覺得，就在為他創造夢想的巨型望遠鏡旁邊不遠處，他似乎可以看到羅威爾獨特的墳墓。

這段影像是什麼年代、什麼季節拍攝的呢？他猜想，應該是來自於二十一世紀初期監視著整個世界的間諜衛星吧。不可能比他的時代晚太久，因為城市的外觀看來和他記憶中一樣。說不定，如果他再飛低一點，還會看到當年的自己……

不過他也知道這很荒謬；他已經發現只能這麼接近。如果再飛近些，影像就會開始分裂，顯現出基本的圖素。最好還是保持距離吧，別破壞了這美麗的幻影。

那裡！太不可思議了！是他和中學同學一塊兒玩耍的小公園。隨著水資源變得愈來愈吃緊，鄉親父老們總是為了公園的廢存爭論不休。嗯，至少公園是撐到現在了——不管這到底是何年何月。

然後，回憶又讓他熱淚盈眶。從月球也好、休士頓也好，只要他能回家，他總是沿著那些窄窄的小徑，帶著他摯愛的獵犬散步，丟棍子讓牠撿回來，這也是亙古以來，人與狗的共同遊戲。

當初普爾曾滿懷希望，等他從木星回來，瑞基會一如往常地迎接他，於是把牠交給小弟馬丁照料。當他再次面對這個苦澀事實之際，幾乎要失去控制，下墜了幾公尺才又恢復。瑞基也好，馬丁也好，都早已歸於塵土。

等到他能夠再度清楚視物，他注意到暗色、蜿蜒如帶的大峽谷已經出現在遙遠的地平線上。他一直在掙扎要不要飛過去——他漸漸有點累了——突然，他察覺天上飛的不是只有自己而已。有別的什麼東西正在接近，而且絕對不是飛人。雖然距離不易判斷，但那東西大得不可能是人類。

「嗯，」他想：「如果在這裡碰到翼手龍，我也不會太驚訝——其實我一直希望有機會遇到這樣的東西，但願牠很友善——不然我可以趕快飛走。啊呀，糟糕！」

說是翼手龍其實相去不遠，說不定已猜中了十分之八。慢慢鼓動皮膜翅膀接近普爾的，是一條從神話世界飛出來的龍。而為了使畫面更臻完美，居然還有位美女騎在龍背上。

至少，普爾假定她是美女。但是，傳統的畫面被一個小細節給破壞了：她大半個臉孔，都藏在一副巨大的飛行員護目鏡下，說不定那還是從一次世界大戰雙翼飛機的無蓋駕駛座上撿來的。

普爾在半空中盤旋，直到近得可以聽到這隻俯衝而下的怪獸的撲翅聲。就算距離已經不到二十公尺，他還是沒辦法判斷牠究竟是機器還是生物結構體——或許是兩者的混合吧。

然後他忘了龍的事，因為騎士拿下了護目鏡。

陳腔濫調的討厭之處，就像某位哲學家下的評語（說不定他還邊打呵欠邊說），在於它們總是真實得那麼無趣。

但「一見鍾情」卻一點都不會無趣。

丹尼什麼也不知道，不過反正普爾也沒指望他。這位無所不在的隨侍（如果他是傳統男僕，一定不及格）在許多方面都沒什麼用，搞得普爾有時不禁要懷疑他是不是智障，不過看來又不像。丹尼知道家電用品的功能，簡單的命令他做得又快又好，也很清楚塔裡的路。但僅此而已；跟他沒辦法有什麼知性的對談，如果客氣地問起他的家人，丹尼總是一臉茫然。普爾有時暗忖，不知他是不是個生化機械人。

然而，茵卓卻立刻給了他所需要的答案。

「喔，你遇到龍女了！」

「你們都是這樣叫她嗎？她的真名是什麼，能不能幫我弄到她的『身分』？我們的距離幾乎可以行觸掌禮了。」

「當然可以——安啦。」

「你哪裡學來的啊？」

茵卓看來滿臉迷惑。

「我也不知道，什麼古書或者老電影吧。是好話嗎？」

「超過十五歲就不算了。」

「我會儘量記住。趕快告訴我發生了什麼事——除非你想讓我嫉妒。」

他們現在已經是非常好的朋友，什麼事都可以開門見山討論。事實上，他們兩人還曾經玩笑般地惋惜彼此間沒有火花——雖然有次茵卓補充說：「如果有一天，我們被困在荒蕪的小行星上，沒有獲救的希望，我們大概還可以將就湊合。」

「你先告訴我她是誰。」

「她叫奧蘿拉．麥克奧雷；除了許多其他頭銜之外，她是『重生協會』的主席。

如果你覺得『飛龍』已經夠讓人驚訝，那就等看到那些其他的——呃，創作——再說吧。像是白鯨莫比迪——還有許多連大自然都想不出來的恐龍。」

這實在好得不像是真的，普爾想。

第十二章　挫折

他幾乎忘了那次和航太總署心理學家的談話，直到現在……

「這趟任務要離開地球至少三年，如果你願意，我可以為你進行『抑慾植入』，它能夠持續到任務結束。我保證，等你回來時，我們會加倍補償。」

「不，謝了。」普爾想盡辦法保持表情嚴肅，「我想我應付得了。」

話說回來，三、四個星期後，他開始有點懷疑；大衛．鮑曼也是。

「我也注意到了。」大衛說：「我敢打賭，那些該死的醫生一定在我們的伙食裡放了些什麼。」

不管放的是什麼東西，就算真有，也早就超過了有效期限。在此之前，普爾忙得沒時間有任何感情牽扯，也婉拒了幾位年輕（和幾位不怎麼年輕）小姐的投懷送抱。他也搞不清楚，究竟是自己的外型還是名氣吸引她們。說不定，她們只是對一個可能是自己二、三十代前祖先的男人，感到單純的好奇罷了。

讓普爾很高興的是，麥克奧雷女士的「身分」顯示目前她的感情生活出現空缺，普爾便在第一時間與她聯繫。不到二十四小時，他就已經坐在龍背上，雙手舒舒服服地環著她的腰。他也知道為何要戴飛行護目鏡了！因為飛龍是完全機械化的，可以輕易達到百公里的時速。普爾懷疑，真正的龍能否飛到這個速度。

底下不斷變化的風光，是直接由故事中複製而來，這點他也不驚訝。當他們追上阿里巴巴的飛毯時，阿里巴巴還氣呼呼地揮著手，大吼：「你沒長眼睛啊！」不過他一定離巴格達很遠，因為他們正繞著飛的幾座尖塔，只可能出現在牛津。

奧蘿拉指著下面解釋，證實了他的猜測。「就是那家酒館，路易斯和托爾金常跟朋友碰面的地方。再看那條河——有條船正從橋底裡出來——看到船上的兩個小女孩和牧師嗎？」

「看到了。」普爾迎著飛龍帶動的渦流，大聲吼回去：「我想其中一個應該是愛麗絲吧。」

奧蘿拉回頭對他微笑，看來由衷地欣喜。

「相當正確。她是根據那位牧師的照片製造的，是很逼真的複製品。我還怕你不知道呢，打從你們的時代之後，很多人就不再看書了。」

普爾感到一陣滿足。相信我已經通過了另一項測驗，他得意地告訴自己。騎飛龍一定是第一項，後面不知還有多少？要拿大刀戰鬥嗎？

不過測驗到此為止，那古老問題：「你家還是我家？」的回答則是——普爾家。

第二天早上，既震驚又屈辱的普爾聯絡上安德森。

「每件事都進行得很順利，」普爾悔恨地說：「她卻突然變得歇斯底里，還把我推開。我怕自己不知怎地傷了她——

「然後她把室燈叫亮——我們本來在黑暗中——從床上跳下來。我猜我就像個傻瓜一樣瞪著她……」他苦笑道：「她當然值得瞪著看。」

「我想也是，繼續說。」

「幾分鐘之後，她放鬆下來，然後說了些我永遠都不會忘記的話。」

安德森耐心地等普爾平復情緒。

「她說：『我真的非常抱歉，法蘭克。我們本來可以玩得很愉快的。可是我不知道你被——割了。』」

教授顯得很迷惑，不過這表情瞬間即逝。

「喔——我瞭解了。我也覺得很抱歉，法蘭克，也許我應該先警告你。我行醫三十年，也只看過六、七個病例——全都有正當的醫學理由，當然你是例外……

「在原始時代，割包皮有它的道理，甚至在你們的世紀亦然。衛生狀況不佳的落後國家，會用以對抗某些討厭、甚至致命的疾病；但除此之外，就沒有任何理由了。還有一些反對論調，你現在也發現了吧！

「我第一次幫你檢查身體之後，就去查了一下紀錄，發現二十一世紀中期有許多醫療訴訟，讓『美國醫療協會』不得不明令禁止割包皮。當時還有人對這個問題爭論不休，我相信一定非常有趣。」

「應該是吧。」普爾愁眉苦臉地回答。

「在某些國家還持續了一個世紀：然後有個無名天才發明了一句口號——用語粗俗，請見諒——『身體髮膚，受之上帝，割包皮乃褻瀆祂。』才多多少少終止了這件事。不過如果你有需要，我可以幫你安排移植，當然不會記在你的病歷上。」

「我覺得大概沒什麼幫助，恐怕我以後每次都會笑出來。」

「這就是我的目的！你看，你已經能克服了。」

出乎普爾意料之外，他發現安德森說的沒錯，他發現自己已經笑出聲來。

「如何，法蘭克？」

「我本來希望，奧蘿拉的『重生協會』可以增加我成功的機會。我的運氣太好了，竟然就是她不欣賞的重生動物。」

第十三章　獨在異代為異客

茵卓並未如他期望的那麼有同情心，或許她終究還是有一些嫉妒。而且更嚴重的是，他們謔稱為「龍禍」的那場災難，還引起他們第一次真正的爭吵。

開始時非常單純，茵卓抱怨：

「人家總是問我，為什麼要把自己的生命投注在研究這麼一段恐怖的年代。如果回答說還有更糟的，並不能算是很好的答案。」

「那你幹麼對我的世紀有興趣？」

「因為它標識著野蠻與文明之間的轉捩點。」

「我們這些所謂『已開發國家』的人民，可都覺得自己很文明。至少戰爭不再是神聖的事，而且不管何處爆發戰爭，聯合國都會盡力制止。」

「不怎麼成功吧，我會說成功率只有百分之三十。不過我們覺得最不可思議的，是人民——直到二十一世紀喔！——竟然可以平靜地接受那些我們覺得殘暴的行為。

還相信那些令人指髮——」

「髮指。」

「——的鬼話，任何有理性的人一定都會嗤之以鼻的。」

「麻煩舉個例子。」

「你那微不足道的失敗，讓我開始了一些研究，發現的事情讓我不寒而慄。你可知道當時在某些國家，每年都有上千名女童被殘酷地閹割，只是為了要保住她們的童貞？很多人因此死去——當局卻視若無睹。」

「我同意那真的很可怕——但我的政府又能怎麼辦？」

「能做的可多了——只要它願意。但若是這樣做，會觸怒那些供油國家，那些國家還會進口會讓成千平民殘廢、喪生的武器，諸如地雷一類的東西。」

「你不瞭解，茵卓，通常我們沒有選擇，我們又不能改造世界。不是有人說：『政治是可能性的藝術』嗎？」

「相當正確，那就是為什麼只有第二流的頭腦才會從政。天才喜歡挑戰不可能的事。」

「那我可真是高興，你們有夠多的天才，所以可以糾正每件事。」

「我好像聞到了火藥味哦？多虧我們的電腦，在政策真正實行前，我們可以先在位元空間內試跑。列寧運氣不好，早生了一百年。其實俄式共產主義有可能成功，至少可以運作一陣子；如果有微晶片，又能設法避開史達林。」

茵卓對那個時代的豐富知識，一直很令普爾驚訝；但許多他認為理所當然的事，她卻又如此無知，同樣也讓他意外。反過來說，他也有一樣的問題。就算真如人家信心滿滿所保證的，他可以再活上一百年，但他學得再多也無法讓自己覺得自在。每次的對話，都有他不知道的典故、和讓他一頭霧水的笑話。更糟糕的是，他總覺得自己處在失禮的邊緣：他即將引爆的社交災難，連最近認識的好友都會覺得丟臉……

……就像那次他和茵卓及安德森一塊兒吃午餐，幸好是在他自己家裡。自動廚房端出來的食物總是毫無差錯，是為他的生理需求而特別設計的，不會有讓人垂涎三尺的菜色，總是令二十一世紀的美食家絕望。

然而，這一天出現了一道非比尋常的佳肴，把普爾帶回年輕時獵鹿和烤肉的鮮明記憶。然而，那道菜在味道和口感上卻有點不太一樣，所以普爾問了個再明顯不過的問題。

安德森只是微微一笑，茵卓卻一副要吐的樣子。幾秒鐘之後，她才說：「你告訴他吧——不過要等我們吃完飯。」

我這會兒又說錯了什麼？過了半個小時，茵卓顯然沉迷於房間另一頭的視訊顯示器；此時，普爾對第三千禧年的知識，又有了長足的進步。

「屍體食物其實在你的時代就快要被淘汰了。」安德森解釋道：「畜養動物——嗯——來吃，經濟上已不再許可。我不知道要多少畝土地才能養活一頭牛，但同樣大小的土地所生產的植物性食物，卻能讓十個人賴以維生。如果再配合水耕科技，說不定可以養活上百人。

「不過讓整件恐怖作業結束的，並非經濟因素，而是疾病。首先是牛，接著擴散到其他的食用動物。應該是某種病毒吧，它會影響腦部，然後導致可怕的死法。雖然最後找出治療方法，但也來不及扭轉乾坤了。不過，反正當時合成食物已經比較便宜，而且口味應有盡有。」

想想數周來差強人意的餐點，普爾對此相當保留。他想，不然為什麼他還會夢到肋排和上品牛排呢？

其他的夢就更惱人了，他擔心不用多久，就得請安德森教授提供醫藥上的協助。不管別人為了讓他自在而作了多少努力，那種陌生感，以及這個新世界的複雜狀態，都讓他快要崩潰了。彷彿是潛意識努力要脫逃，在睡夢中他常常回到早年的生活。但當他醒來時，只會讓情形更糟。

他曾到美洲塔上，往下看他思念的故鄉，其實這不是個好主意。在空氣潔淨的時候，藉著望遠鏡可以看得很清楚，他會看到人們在他熟悉的街道上各忙各的……

而在他的心靈深處，總是難忘他摯愛的人曾一度住在下面的大地。母親、父親（在他跟另外一個女人跑掉以前）、親愛的喬治舅舅和麗雅舅媽、小弟馬丁，和地位同樣重要的一長串狗兒——第一隻是他幼時熱情的小狗，最後一隻是瑞基。

最重要的，還是關於海蓮娜的回憶，和那個謎……

這段戀情始於他接受太空人訓練之初，兩人本是萍水相逢，但隨著光陰流逝，卻愈來愈認真。就在他準備前往木星前，他們正打算讓關係永久化——等他回來以後。

如果他沒能回來，海蓮娜希望能為他生個小孩。他還記得，他們在做必要安排的時候，那種混雜著嚴肅與歡欣的感覺……

現在，一千年後，不管他盡多大的努力，他還是無法知道海蓮娜是否遵守了諾言。如同他的記憶中有許多空白一般，人類的集體紀錄也是。最糟的一次是二三〇四年小行星撞擊所引起的，雖然有備份及安全系統，但仍有百分之幾的資訊庫被毀。普爾忍不住要想，不知他親生兒女的資料，是否也在那些無法挽回的無數位元中。到了現在，說不定他的第三十代後裔正走在地球上呢，不過他永遠也不會知道的。

這個時代裡，有些女性並不像奧蘿拉般把他當損毀貨品看待，發現這點後，普爾好過了些。反之，她們還常常覺得這種不一樣的選擇很刺激；但這種詭異的反應，也讓普爾沒法建立起任何親密關係。他也不急於如此，他真正需要的不過是偶爾一次健康而不用大腦的運動罷了。

不用大腦──這就是癥結所在。他再也沒有活下去的目標了，沉重的記憶壓得他喘不過氣來。他常套用年輕時讀過的一本名著，自言自語地說：「我是『獨在異代為異客』。」

他甚至常往下看著那個美麗的行星（如果遵照醫生指示，他是再也不能踏上去了），同時想著如果再度造訪太空會是什麼樣子。雖然要闖過氣閘而不觸動警報並不容易，但是有人成功過。每隔幾年，就會有決心求死的人，在地球的大氣層中化為瞬間即逝的流星。

或許他的救贖已經在醞釀了，不過卻是以完全意料之外的方式出現。

「普爾指揮官，很高興見到你。別來無恙？」

「真抱歉，我不記得你，我見過的人實在太多了。」

「用不著抱歉，我們第一次碰面是在海王星附近呢。」

「錢德勒船長！能看到你真是太好了！自動廚房裡什麼都有，你想喝點什麼？」

「酒精濃度超過百分之二十的都好。」

「你怎麼會跑回地球來呢？他們告訴我，你從來不到火星軌道以內的。」

「幾乎正確。雖然我在這裡出生，卻覺得這裡又髒又臭，人口太多，又要直逼十億大關了。」

「我們那個時候還超過一百億呢。對了，你有沒有收到我的感謝函？」

「有啊！我知道應該要跟你聯絡，不過我一直拖到再度日向航行。現在我來啦！敬你一杯！」

船長以驚人速度喝乾那杯酒。普爾試著分析他的訪客：留鬍鬚——就算是錢德勒那樣的小山羊鬍——在這個社會非常罕見，而且他認識的太空人裡沒有人留鬍子——鬍子和太空頭盔是無法和平共存的。當然啦，身為船長，可能好幾年才需要進行一次艙外活動，而且大部分的艙外工作都由機器人完成；不過，總會有意料之外的危險、總有要趕快穿上太空衣的時候。看來錢德勒顯然是個異數，不過普爾衷心欣賞他。

「你還沒回答我的問題呢。如果你不喜歡地球，那回來幹麼？」

「喔，主要是和老朋友聯絡聯絡。能夠沒有數小時的訊號延遲，有些即時的對話是很美妙的！不過這當然不是真正的原因。我那艘老鏽船要維修，在外環船塢。裝甲要重新換過，它薄得只剩下幾公分的時候，我可睡不好。」

「裝甲？」

「塵埃罩。你們那時候可沒這種問題，對吧？不過木星外面很髒，我們的正常巡弋速度是幾千公里——秒速喔！所以會有持續不斷的輕微撞擊，好像雨點落在屋頂一樣。」

「你在開玩笑！」

「我當然是在開玩笑。如果真聽得到什麼聲音，我們早就死翹翹了。幸好，這種令人不愉快的案例很少，上一個嚴重事故已經是二十年前的事了。我們知道所有大群的彗星雨在哪裡，大部分的垃圾都在哪兒，我們會小心避開——除非是調整速度驅冰的時候。

「你要不要趁我們出發去木星前，到船上來看看？」

「太好了……你說木星嗎？」

「嗯，當然是木衛三——狼神市。我們在那邊有很多業務，也有幾個船員定居在那邊，他們都幾個月沒和家人見面了。」

普爾已經聽不到他在說什麼。

突然間——完全出乎意料之外——或許時間也正好，他找到了活下去的理由。

法蘭克·普爾指揮官不是那種喜歡把工作留個尾巴的人——一點宇宙塵，就算是以秒速一千公里運動，似乎都不能阻止他。

在那個一度稱為木星的世界上，還有他未完成的任務。

【第二篇】
哥力亞號

第十四章　告別地球

「只要合理，不管你要什麼都行。」人家是這麼告訴他的。法蘭克・普爾不知道，他的新朋友會不會認為回到木星算是合理的要求。事實上，連他自己都不大確定，也正在重新考慮這件事。

數星期前，他就已經答應了許多約會。其中大部分他不怎麼在乎，但也有些他覺得放棄了可惜。尤其是，他很不希望讓自己高中母校的學生失望，他們原本計畫下個月要來探望他。（這學校竟然還存在，多令人驚訝啊！）

無論如何，他還是鬆了口氣，而且也有點意外——因為茵卓和安德森教授都覺得這個主意好極了。法蘭克頭一次瞭解，原來他們也同樣關切他的精神狀況；或許離開地球度個假，就是最好的治療。

而且最重要的是，錢德勒船長高興得不得了。「你可以睡我的艙房，」他承諾：「我會把大副踢出她的房間。」有好幾次，普爾想，不知這位留著鬍子、大搖大擺的錢德勒，是不是另一個重生動物。他很容易就可以想像他站在破爛的三桅船船橋上，上面還飄揚著骷顱頭旗幟。

一旦他下定決心，事情便以驚人的速度進行。他累積的財產不多，需要帶走的更少。最重要的便是普琳柯小姐：他的電子秘書，現在也是他兩世生活點滴，以及隨機附屬的兆位元資訊庫。

比起他那個時代的個人隨身助理，普琳柯小姐並沒有大多少。通常她就放在方便拔出的皮套中、掛在腰上，像老式西部牛仔的點四五手槍一樣。他倆能夠直接用語音溝通，也可以透過腦帽。而她最主要的任務，就是擔任外面世界與普爾之間的資訊過濾與緩衝器。像所有的好秘書一樣，她知道什麼時候該用什麼語氣回答：「立即為您接通。」或者，像她最常說的：「很抱歉，普爾先生正在忙，請留下您的訊息，他會盡快與您聯繫。」通常這意思就是：他不會回電話的。

他不需要跟多少人道別。雖然由於電波速度遲緩，以致無法即時對談，但他會持續與茵卓和安德森教授聯繫——他們是他唯一真心的朋友。

讓他有點意外的是，他突然明白自己居然會想念他那神秘但有用的「男僕」，因為他現在得自己處理一切日常瑣事了。丹尼陪著他一路來到環繞地球的外環（距離中非洲三萬六千公里的高空），分手之際，丹尼微微鞠躬，但除此之外，沒有任何情緒起伏。

「迪姆，我實在不曉得，你會不會喜歡這樣的比較。不過，你知道哥力亞號讓我想起什麼嗎？」

他們現在已經是很好的朋友了，普爾可以叫他小名——不過只有在兩人獨處的時候才行。

「我想不會是什麼好事吧。」

「那倒不盡然。不過當我還小的時候，無意中發現了一疊我舅舅喬治丟掉不要的科幻雜誌——通稱『廉價雜誌』，因為印在便宜的紙上……裡面好幾本都散開了。每本都有俗艷卻了不得的封面，畫著奇異的行星和怪獸，當然，還有太空船！

「等我長大一點，才知道那些太空船有多可笑。它們通常都是靠火箭推進，卻沒有燃料槽！有些從船頭到船尾有成排的窗子，好像海上的客輪。我最喜歡的一幅，有巨大的玻璃穹頂，好像是航行在太空中的溫室……

「那些古代藝術家現在要反過來笑我了，可惜他們永遠不會知道。比起我們過去從各基地發射的飛行燃料槽，哥力亞號還比較接近他們的夢想。你們的慣性引擎好得令人難以置信：沒有可見的支撐結構，還有無上限的航程及速度……有時我都覺得，我才是那個在作白日夢的人！」

錢德勒哈哈大笑，指著窗外的景色。

「那些看起來像白日夢嗎？」

自從來到星城之後，這還是普爾頭一回看到真正的地平線，而且也不如料想的那麼遠。他終於抵達了直徑為地球七倍的巨輪外緣，所以，橫亙過這人工世界屋頂的景致，該綿延有幾百公里吧……

他的心算向來不錯，就算是在他那年代，也是難能可貴的技能，說不定現在會的人更少了。計算地平線距離的公式很簡單：你所在的高度乘二乘上半徑再開平方，這種事情，你是不會忘記的，就算想忘也忘不掉……

算算看吧！我們大約在八公尺左右的高度——所以是十六的平方根——很簡單！——假設外環半徑是四萬——消去後面三個零，讓單位統統變成公里——四乘以四十的平方根——嗯——差不多是二十五……

嗯，二十五公里算是滿合理的距離，地球上任何太空航站當然都沒有這麼大。

雖然早就曉得會看到些什麼，但看著那些比他的發現號大上許多倍、沒有任何外在推進裝置的船艦安安靜靜升空，還是令人覺得神奇。雖然普爾懷念舊日倒數計時之際的火焰與炙熱，但還是不得不承認，現在這樣比較乾淨、比較有效率，也更安全了。

不過最奇怪的，還是坐在外環這兒，在地球的同步軌道上面——還能感覺到重量！僅只數公尺之遙，在小小觀景廳的窗戶外面，就有作業機械人與幾個穿著太空衣的人緩緩滑動，進行著自己的工作；但在哥力亞號裡，慣性場維持在標準的火星重力。

「確定不改變心意嗎，法蘭克？」離開船橋的時候，錢德勒船長玩笑似地問他：「離升空還有十分鐘喔。」

「我若打退堂鼓，會遭人唾棄吧，對嗎？不。過去他們常這樣說——我們約好了。不管我準備好了沒，我都已經來了。」

升空之際，普爾覺得需要獨處，人丁單薄的船員們（只有四男三女）也尊重他的意願。或許他們能夠體會他的心情：再度離開地球，卻是在一千年之後——也再一次面對未知的命運。

木／太陽在太陽系的另外一邊，而哥力亞號近乎直線的軌道，會先經過金星，再到達木星。普爾希望能用肉眼看看地球的姊妹行星，在經過數個世紀的改造之後，是否真的如同他們所說那般。

從一千公里上方看來，星城就像是條環繞地球赤道的巨大金屬帶，上面還點綴著高架、穹頂和更多的神秘結構。哥力亞號日向航行之際，星城也迅速縮小，現在普爾可以看到它有多麼不完整：有許多僅由蛛網般的鷹架相連的巨大空隙，可能永遠也不會完整包覆。

目前他們已經降到外環的平面以南，北半球正是仲冬時節，所以星城這細細的光環以超過二十度的傾角斜向太陽。普爾已經看得到美洲塔和亞洲塔了，兩塔像閃亮的絲線往外延伸，遠超出藍色暮靄般的大氣層範圍。

哥力亞號加速時，他幾乎沒有注意到時間的流逝，它比任何自星際空間日向航行的彗星都更加迅速。幾乎圓滿的地球，仍然盤據他的視野。現在他可以看到非洲塔的總長度，他正揮別的是今世的家，他禁不住想著，或許要永遠離開了。

到達五萬公里高空時，他已經可以看到整個星城，它像個窄窄的橢圓環著地球。雖然較遠的那邊幾乎看不到，只見一線細光襯著群星，還是會令人敬畏地聯想到，人類到底是把這個建築放到天上去了。

然後普爾想起了壯麗無數倍的土星環，在能與大自然的成就相比之前，航太工程還有很長、很長的路要走呢。

或說，在與「上蒼」的成就相比之前。

第十五章　金星之變

翌晨當他醒來時，他們已經抵達金星。但那巨大、閃爍、仍被雲海包覆的一彎蛾眉，卻並非空中最驚人的物體。哥力亞號正飄浮在一片一望無際、皺巴巴的銀箔上方，在太空船飄過時，銀箔還會反射日光，幻化出多采多姿的絢麗紋路。

普爾記得，在他那個時代，曾有位藝術家用膠膜把一棟棟的大樓包了起來，如果能讓這藝術家有此機會，把數十億噸的冰用亮晶晶的封套裝起來，他會多麼高興啊！也只有用這個方法，才能防止彗星核在數十載的日向航行中蒸發。

「你運氣很好，法蘭克。」錢德勒跟他說過：「這連我都沒看過，一定會很壯觀。撞擊將在一個多小時後發生，我們稍微推了冰核一下，好讓它落在正確地點。咱們可不希望有人受傷。」

普爾訝異地看著他。「你是說——已經有人在金星上面了？」

「大概有五十個瘋狂的科學家，在南極附近。當然他們是在很深的地底，不過我們還是會讓他們震一下——雖說著陸點是在行星另外一側，或許應該說是『著氣點』吧——會有好幾天的時間，除了震波還是震波。」

在保護套中熠熠生輝的彗星冰山，因為朝著金星飄去而逐漸變小。普爾腦海中掠過一個酸楚的回憶：童年時的耶誕樹，也是用這般精緻的玻璃彩球裝飾。如此比較並非全然無稽，因為對地球上的許多家庭而言，現在仍是送禮的季節；而哥力亞號，正為另一個世界帶來無價的禮物。

雷達影像顯現滿目瘡痍的金星地表，占滿哥力亞號控制中心的主螢幕——有奇形怪狀的山巒、煎餅般的穹頂和細長蜿蜒的峽谷，但普爾希望眼見為憑。雖然包覆著這顆行星的完整雲海並未透露出下面地獄的任何訊息，但他希望看到，在彗星撞擊之際會發生什麼狀況。不用幾秒的時間，這些水化物自太陽系邊緣不斷累積的速度，將會化作能量，完全釋放……

開始時的閃光比普爾預期的還要強烈。多麼奇怪，一個冰製飛彈竟然可以產生至少有數萬度的高溫！雖說眺望窗的濾鏡一定已經吸收了一切有害的短波，但火球猛烈的藍色仍顯示它比太陽還要熱。

隨著範圍擴張，它也迅速地冷卻下來，顏色由黃到橙再變紅……震波現在必定是以音速向外擴張，（那該是怎樣的聲音啊？）所以幾分鐘之內，應該就會看得出它在金星上行經的路線。

出現了！只有一個小小的黑圈圈，像個無關緊要的小煙圈；卻完全看不見從撞擊點向外爆出的狂暴氣旋。隨著普爾的注視，氣旋也緩緩地擴張，不過因為比例的關係，所以看不出運動的跡象。他得足足等上一分鐘，才能確定它真的變大了。

然而一刻鐘之後，它已經成為行星上最顯著的標誌；不過顏色淺了許多，是一種髒兮兮的灰色，而非黑色。震波現在成為不規則的圓形，直徑超過一千公里。普爾猜想，它應是遇到了底下山脈的阻擋而形成鋸齒狀，失去了原本完美的對稱。

船上的通訊系統傳出錢德勒船長輕快的聲音。

「正在接通愛神基地，很高興他們沒有大叫救命——」

「——是震了我們一下，不過跟預期的一樣。監看器顯示，在諾克米斯山區已經下了點雨——很快就會蒸發掉，但總是個開始。黑卡蒂裂隙似乎有山洪爆發——情況好得讓人不敢相信，不過我們正在確認。上次送貨來後，出現了一個暫時性的沸水湖——」

我不羡慕他們，普爾告訴自己，但我欽佩他們。在這個或許太舒適、太安逸的社會中，他們證明了冒險精神依然存在。

「——再次謝謝你們把貨載到正確的地方。只要運氣好，而且可以把太陽屏弄上同步軌道的話——要不了多久我們就會有永久的海洋。然後我們就能種珊瑚礁來製造石灰，把大氣中過多的二氧化碳固定下來……希望我能活著看到這些！」

我也希望你可以，普爾默默地、佩服地想著。他常在地球的熱帶海域潛水，欣賞那些怪異多彩的生物。珊瑚已經夠古怪了，恐怕在其他太陽系的行星上也找不到更奇怪的動物。

「包裹準時送達，確定收到收據。」錢德勒船長的聲音透著明顯的滿足。「再見了金星。木衛三，我們來了！」

普琳柯小姐

檔案夾——華勒斯

嗨，茵卓。真的，你說得滿對的，我的確懷念咱們的小爭執。錢德勒和我處得還不錯，而剛開始時，船員們簡直把我當成（你一定會覺得很好笑）什麼聖人遺骨看待。不過他們已經漸漸可以接受我了，甚至還開始整我。（知道這個用語嗎？）

沒辦法即時對談真的很討厭——我們已經穿越火星的軌道，所以電波來回一趟要花超過一個小時。不過這樣也有好處，你就不能打斷我了……

到木星只要一個星期，我本以為自己還有時間休息，其實門兒都沒有：我已經開始手癢了，忍不住要回學校去。所以我在哥力亞號的一艘迷你太空梭上接受基本訓練，全部從頭來過。說不定迪姆還會讓我單飛呢……

它其實不比發現號的分離艙大多少，可是卻如此不同！第一，當然啦，它不用火箭推進。我還不習慣豪華的慣性引擎，和無上限的航程。如果必要的話，我還可以飛回地球——不過可能會悶出病來。（記得我上次用過的片語嗎，你一下就猜出意思來的那個？）

但是最大的不同，還是它的控制系統，對我來說，要習慣「離手操作」可真是個大挑戰——而且電腦還要學會聽懂我的語音指令。起初它每隔五分鐘就要問我一次：「你真是這個意思嗎？」我也知道用腦帽會比較好，但我就是沒法對那個玩意兒完全放心。不知道到底能不能習慣有東西讀我的心思……

對了，太空梭的名字叫做「遊隼」，是個好名字——令人失望的卻是，船上沒有一個人知道這名字事實上可回溯到「阿波羅任務」，人類第一次登陸月球……啊哈！

我還有好多話想說，可是船老大在呼叫了，得回到教室去嘍！珍重再見。

存檔

傳送

嗨法蘭克——茵卓呼叫（用法應該沒錯吧！）用我的新「思想書寫器」——舊的那個精神崩潰了哈哈——所以一定會有很多錯誤——傳送前來不及編輯——希望你看得懂。

指令設定！第一頻道不第三頻道——十二點三十分開始錄——更正——十三點三十分。抱歉……希望我可以把舊機器修好——它知道我所有的捷徑和簡寫——說不定，應該像你們那個時代一樣，送它去做精神分析——真是搞不懂，為什麼那個騙子——我是說佛洛依德哈哈——的胡說八道可以持續到現在——

讓我想起——有天碰巧看到二十世紀晚期的定義——你可能會覺得好笑——是像這樣的——引述——精神分析——一種接觸傳染病，源自二十世紀初期的維也納——目前絕跡於歐洲，但在富裕的美國人之間偶有所聞，引述完畢。好玩吧？

對不起啊——思想書寫器的麻煩——就是沒辦法不胡思亂想——

茳五　弅　尢恩鉱蝹扤犯七耆鴟九八一二丌亓艽　**該死……停……備份。**

我是不是弄錯什麼東西了？我再試試看。

你提到丹尼……抱歉我們總是逃避有關他的問題——知道你好奇，但我們有絕佳理由——記不記得你曾經說他不是人？雖不中亦不遠矣……！

有次你問我關於現代的犯罪問題——我說任何有那種興趣的都很變態——說不定你們那個時代無止盡的病態電視節目助長了那種風氣——我自己是連一分鐘都看不下去……噁心死了！

門——確認！——喔，嗨，梅琳達——抱歉——坐嘛——快好了……

對——說到犯罪。社會上——總會有些無法消滅的雜音，那該怎麼辦呢？

你們的解決之道——監獄。國家負擔的錯誤工廠——耗費平均家庭收入的十倍來關住一個囚犯！瘋狂透頂……顯然，那些叫得最大聲，說要蓋更多監獄的傢伙，鐵定頭腦有問題——他們才該接受精神分析！不過說實在話——在電子監視和電子控制十全十美以前，你們的確沒有其他選擇——你真該看看欣喜若狂的民眾搗毀監獄牆壁的狀況，比起——五十年前柏林圍牆倒下之後，就沒見過這種盛況了！

對——丹尼。我不知道他犯了什麼罪——就算知道我也不告訴你——不過想必他的精神剖面顯示出他適合擔任——是哪個名詞?——南胡——不,是男僕。有些工作很難找到人做——真不曉得如果犯罪率是零,我們要怎麼過下去!不管怎樣,希望他可以趕快服完刑期,回到正常的社會。

抱歉梅琳達——快好了。

就這樣啦,法蘭克——幫我跟迪米崔問好——你們現在一定在往木衛三的半路上了——不曉得他們能不能推翻愛因斯坦,這樣我們就算穿越太空也可以即時對談!

希望這部機器可以趕快習慣我。不然就得找真正的二十世紀文字處理器啦……相信嗎?——我以前鍵盤輸入很厲害呢,那個你們花了好幾百年才淘汰掉的東西。

珍重再見。

嗨,法蘭克——又是我。還在等上封信的回覆……

你和我的老友泰德.可汗,都朝木衛三而去,多麼奇怪呀。不過或許這並非巧合吧:他和你都被同一個謎吸引著……

我從沒見過任何人對宗教發展出這樣的興趣——不,根本是狂熱。最好警告你,他可能會很悶。

對了，我這次表現得如何？我好想念那部舊的思想書寫器，不過這部似乎也慢慢受控制了。還不壞吧——你們怎麼說的？——沒有出紕漏——吃圖釘——吃螺絲——至少到目前為止——

不曉得該不該告訴你，怕你不小心說溜嘴。不過，我偷偷給泰德取了個綽號，叫做「最後的耶穌會士」。你應該多少知道一點他們的事吧，在你們那個時代，都還在流行他們的戒律呢。

了不起的人——通常都是偉大的科學家——了不起的學者——做出來的好事壞事一樣多。史上最諷刺的真理追求者之一——虔敬英明的知識與真相追求者，然而他們的整個邏輯卻被迷信無藥可救地扭曲了……

汶毨玕郉口糸　親愛的廿一昇孓水凹戈斿盂

該死，太激動造成失控。一、二、三、四……一閃一閃亮晶晶……這樣好多了。

反正，泰德的高尚決心也一樣惡名昭彰；千萬別跟他辯論——他會像蒸汽壓路機一樣把你碾過去。

順便問一下，什麼是蒸汽壓路機？用來燙衣服的嗎？看得出來一定很不舒服……

思想書寫器的麻煩……很容易胡思亂想，不管你多努力控制自己都沒用……還是該幫鍵盤說說話的……我告訴過你了吧……

泰德．可汗……泰德．可汗……泰德．可汗……

他至少還有兩句名言，在地球上很有名：「文明與宗教無法共存」，還有「信仰就是相信明知虛妄的事」。事實上，我不相信後面那句是原文；如果真是，那可就是他說過最像笑話的話。我跟他講我最喜歡的笑話時，他連嘴角都沒動一下——希望你沒聽過……這絕對是從你那個時代就有的笑話……

某個大學校長跟幾位教授抱怨：「你們這些科學家為什麼需要這麼貴的設備呢？你們為什麼不能像數學系一樣，只要一塊黑板一個廢紙簍就行了？哲學系更好，人家連廢紙簍都用不著……」嗯，說不定泰德以前就聽過了……我想大部分的哲學家應該都聽過吧……

好啦，反正，幫我跟他問好——而且不要，千萬不要跟他辯論！

來自非洲塔的祝福。

記錄，儲存。

傳送——普爾

第十六章　船長的餐桌

這麼一位特殊乘客的光臨，打亂了哥力亞號原本組織緊密的小世界。不過船員們全都欣然適應了。每天一八〇〇時，所有的船員會在船長室集合吃晚餐。若是在零重力狀況下，大家平均分散在六面牆上，船長室至少可以舒舒服服地容納三十人。不過大部分的時候，船上工作區會維持月球重力，所以難免會有地板——這下子超過八人就嫌太擠了。

在用餐時才打開的半圓形餐桌環繞著自動廚房，只夠容納七個人，其中船長坐在尊位。多一個人就製造了無法避免的難題，於是每次都有人得要單獨用餐。經過相當溫和的辯論後，大家決定照筆劃順序輪流——不是根據真名，而是綽號。普爾花了好一陣子才習慣：「大大」（大副）、「生命」（醫藥及維生系統）、「星星」（軌道與航行）、「推進」（推進及動力）、「晶片」（電腦及通訊）和「螺釘」（結構工程）。

在十天的旅程中，聽著船上夥伴說故事、講笑話和發牢騷，普爾學到的太陽系知識，比在地球上那幾個月還要多。船員顯然都很高興有個新來（或許還很古樸）的傢伙當認真的一人聽眾，不過那些想像力比較豐富的故事，普爾則不易體會。

但是，有時很難知道該如何劃分界線。沒有人真的相信「黃金小行星」的存在，那通常都被當作二十四世紀的騙局。但是過去五百年來，至少有十幾則水星離子粒團的可靠目擊報告，那又該怎麼說呢？

最簡單的解釋就是：那些全跟球狀閃電有關，它同樣要為地球和火星上那麼多的「不明飛行物」負責。有些目擊者卻信誓旦旦，說在近距離接觸之際，「它們」表現出某種目的，甚至企圖。胡說八道，懷疑論者回應：那只不過是靜電引力而已！

這難免會引起關於宇宙中其他生命的討論，而普爾發現自己（這已經不是第一次了）會為自己那極端容易上當和懷疑的年代辯護。雖說在他小時候，「外星人就在你身邊」的狂熱已經冷卻下來，但即使到了二〇二〇年代，那些聲稱外星訪客曾與自己接觸、甚至綁架他們的人，仍令航太總署不勝其擾。他們的妄想因為媒體的煽動利用，而變得更嚴重。這整個症候群，最後在醫學文獻中被歸類為「亞當斯基妄想症」。

ＴＭＡ1的發現，弔詭地結束了這齣啼笑皆非的鬧劇。因為它證明在某處的確有智慧生物，但顯然他們已有好幾百萬年不曾關心過人類。少數科學家曾辯稱：超越細菌層次的生命形式，是一種如此「非必然」的現象，就算不是在整個宇宙中，但至少在銀河系裡，人類是孤獨的。ＴＭＡ1則令他們啞口無言、心服口服。

哥力亞號的船員對普爾那個時代的科技較感興趣，對政治與經濟則不然。而且特別著迷於發生在那時的革命：真空能量的駕馭敲響了化石燃料時代的喪鐘。二十世紀煙霧瀰漫的都市，以及石油時代的垃圾、貪婪和令人毛骨悚然的環境災難，在在令他們難以想像。

「別怪我！」經過一輪批評後，普爾玩笑似地反擊：「無論如何，看看二十一世紀製造的那團混亂吧。」

桌旁響起一陣異口同聲的「你這是什麼意思？」。

「好，一旦所謂的『無限動力時代』上路後，每個人都掌握了數百萬瓩又便宜又乾淨的能源——你們也知道發生了什麼事！」

「喔，你是說『熱危機』呀，可是後來解決啦。」

「在最後關頭——你們用反射鏡遮住半個地球，把太陽的熱反彈回太空。不然的話，地球現在會被烤得和金星一樣焦。」

船員們對於第三千禧年的歷史所知極其有限，普爾卻對自己時代之後數世紀的事件瞭若指掌，而讓他們驚訝不已（這都要歸功於他在星城所受的密集教育）。不過，普爾也很得意地注意到，他們對發現號的日誌相當熟悉，那本日誌已經成為太空時代的經典紀錄之一。他們看待它的方式，普爾覺得就像是在看維京人傳奇一般；他常得提醒自己，他所處的時代，是介於哥力亞號和首批橫越大西洋的船隻年代之間。

「在你們的第八十六天，」第五天晚餐時，星星提醒他：「曾經以不到兩千公里的距離，經過七七九四號小行星，還發射了一枚探測器上去，記得嗎？」

「我當然記得。」普爾有點衝地答道：「對我來說，那是不到一年前的事。」

「喔，對不起。明天我們會更接近一三四四五號，想不想看看？有自動導航和固定框架，我們應該有個十毫秒的發射窗口。」

一百分之一秒！在發現號上那次的幾分鐘已經夠令人血脈賁張了，而現在，一切竟要以快五十倍的速度發生……

「一三四四五號有多大？」普爾問。

「三十乘二十乘十五公尺。」星星回答：「看起來像被打爛的磚塊。」

「抱歉，我們沒有小子彈可用。」推進說：「你有沒有想過七七九四號會反擊？」

「從來沒想過。不過它提供了許多有用的資訊給天文學家，所以還是值得冒個險……不管怎樣，似乎沒必要為了百分之一秒煩惱。無論如何，還是謝謝你。」

「我瞭解。看過一顆小行星，就等於全看過了——」

「才不是呢，晶片。我在愛神星上的時候——」

「你講過十幾遍了——」

普爾對他們的討論充耳不聞。他的思緒回到了一千年前，想著在最後的災變之前，發現號的任務中唯一令人興奮的時刻。雖說他和鮑曼都清楚知道，七七九四號不過是一塊沒空氣沒生命的大石頭，但這並不影響他們的感受。這是他們在木星這一側所能碰到的唯一固體物質，他們看著它：心情像是長期航海的水手，繞著無法登陸的海岸航行般。

一三四四五號緩緩地由這頭轉到那頭，可以看到表面斑駁凌亂散布的光影。有時像個遠方的窗戶閃閃發光，如同結晶物質露出的結晶面，在陽光下閃爍……

他也記得，在他們等著看自己瞄得準不準之際，那種不斷增強的興奮感。要打中這麼一個小目標並不容易；尤其是它在兩千公里外，以每秒二十公里的相對速度移動。

然後，襯著小行星的黑暗部分，突然爆出一陣耀眼的光芒。那顆小小的純鈾二三八子彈以流星的速度撞了上去。在幾分之一秒的時間內，它所有的動能都化為熱能。一團刺目的白色氣體噴入太空，而發現號的攝影機正記錄著迅速消失的光譜線，捕捉熾熱的原子透露出的訊息。幾個小時後，地球上的天文學家首度知道了小行星外殼的成分。雖然沒有太大的驚訝，但也開了幾瓶香檳。

錢德勒船長自己鮮少參加餐桌上的民主討論。看著船員在這般非正式的氣氛下放鬆、表達自己的感受，他似乎就滿足了。只有一條不成文的規定：吃飯時不許討論正事，如果有技術或操作上的問題，一定要在別處解決。

普爾驚訝地（也有點震撼地）發現，船員對哥力亞號各系統的知識相當膚淺。不他問的那些問題應該很容易就可以回答，但他們竟然都叫他去查船上的記憶庫。不過不久之後他便瞭解，在他的時代所接受的那些徹底的訓練，已經不再可能了。太空船的操控牽涉了太多複雜的系統，讓人沒辦法全部專精。專家面對自己的儀器，只要知其然，不必知其所以然。可靠性全依賴不厭其煩的自動偵測，人類介入很可能弊大於利。

幸好，這趟旅程中兩者都不需要：當新太陽——太隗盤據眼前的天空之際，這已經是任何船老大夢寐以求、最平靜無事的旅程了。

【第三篇】

伽利略諸世界

即使到了今天，那些巨大衛星（同屬那顆一度稱為木星的行星）仍帶著許多未解的謎團。這四個世界雖然都繞著同一顆行星公轉，大小也相差無幾，但其他許多方面都大不相同，為什麼？

只有木衛一伊奧（最內側的衛星）才有令人信服的解釋。它是如此接近木星，以至於重力潮汐不斷搓揉它的內部，而產生異常大量的熱——是啊，這麼多的熱量，因此其表面呈半融化狀態。它是太陽系中火山活動最劇烈的世界，木衛一地圖的有效期只有數十載。

雖然人類未曾在如此不穩定的環境中設置永久性的基地，但還是有數不清的著陸行動，以及持續不斷的自動監測（二五七一號探險隊的悲壯命運，參見《小獵犬五號》）。

木衛二歐羅巴，距離木星第二近的衛星，原本完全為冰所覆蓋。除了裂隙造成的複雜脈絡外，並未展現多少特徵。主宰木衛一的潮汐力，其威力在此則弱得多；但仍製造出足夠的熱能，讓木衛二得以擁有由液態水所組成的全球性海洋，其中演化出許多奇異的生物（參見太空船《錢學森號》、《銀河號》及《宇宙號》）。其實在木星轉變為小太陽「太隗」以後，木衛二上的所有覆冰就幾乎都融化了，而範圍廣大的火山活動則生成了幾座小島。

眾所周知，一千年來，幾乎未曾有人登陸木衛二，不過人類仍持續監視該衛星。

木衛三甘尼米德，太陽系中最大的衛星（直徑五二六〇公里），也同樣受到新太陽誕生的影響。雖然還沒有可供呼吸的大氣，但其赤道地區溫度已高到足以讓地球生物存活。大部分的居民都積極參與改造活動與科學研究，最主要的殖民地為狼神市（人口四萬一千），位於南極附近。

如同木衛三一般，木衛四卡利斯多也完全不一樣。它的表面布滿各種大小的隕石坑，為數之多，以致彼此重疊。那樣的轟擊必定已持續數百萬年，因為新的隕石坑已經完全掩蓋了舊的。木衛四上並無永久基地，但建有數座自動觀測站。

（摘要，純文字，節錄自《外太陽系旅遊指南》，二一九·三版）

第十七章　木衛三

法蘭克．普爾睡過頭，是件很不尋常的事，不過前一晚他不斷被怪異的夢境驚醒。過去與現在糾纏不清，有時他在發現號上面，有時在非洲塔裡，有時又回到童年，和一些自以為早就遺忘了的朋友在一起。

我到底在哪裡？當他掙扎著要恢復清醒時，他邊問自己、邊像個溺水的人一般掙扎。床的上方恰好有扇窗子，掛著厚度不足以遮住外面光線的窗簾。普爾記起二十世紀中期飛行器慢得可以用頭等臥艙為號召的時代；那種復古的享受他還未曾嘗試過（那時候還有旅遊社以此招攬生意呢），不過他不難假想自己此刻正身歷其境。

他拉開窗簾，往外看去。不對，他並非在地球的天空甦醒，雖然下方綿延的景致不能說不像南極，但南極卻從未沐浴在兩個太陽下。當哥力亞號掠過之際，正好是兩個太陽同時日出的奇景。太空船正盤旋在一片略覆著白雪的廣袤田地上空不到一百公里處。不過，看來要不是農夫喝醉酒，就是導引儀器發瘋了，因為犁溝渠朝著四面八方蜿蜒，有時彼此交錯，要不就又掉頭回來。岩層上四處點綴著不起眼的灰圈圈，是亙古時流星撞擊所留下的陰森洞穴。

所以這就是木衛三嘍，普爾懶洋洋地想著。人類的最前哨！頭腦清楚的人怎麼會想住在這裡？嗯，我在冬天飛過格陵蘭和冰島上空時，也曾這麼問過自己……

這時傳來了敲門聲，和一句「我可以進來嗎？」也不等他回話，錢德勒船長便自個兒進來了。「還以為會讓你睡到著陸呢！那個『航末同歡會』的確比我預期的久了一點，但我可不能冒喋血的危險提早結束。」

普爾哈哈大笑。「太空裡發生過喋血事件嗎？」

「喔，很多啊！不過不是在我的時代。既然談起這件事，你不妨說哈兒是始作俑者……對不起，我可能不該──快看，那就是木衛三市！」

出現在地平面上的，是看來呈棋盤狀交叉的街道，但有稍許不規則。這是殖民地在未經都市規劃下，慢慢成長擴充的典型結果。它被一條寬闊的河流分成兩半，普爾想起木衛三的赤道地區，已經暖到液態水可以存在，這讓他回憶起從前看過的一幅中古倫敦木刻畫。

他注意到錢德勒興味盎然地看著他……當他明白這「城市」的尺度之際，那種幻覺便消失了。「木衛三人，」他酸酸地說：「體型一定很大吧，才會把路開成五或十公里寬。」

「有些地方還寬達二十公里呢，厲害吧？其實這都是冰的擴張和收縮造成的。大自然真是奇妙……我可以帶你瞧瞧一些更人工的圖案，不過沒有這個這麼大。」

「我小時候，人們大驚小怪說火星上有個人臉。當然啦，結果是個被砂風暴切離過的山丘……地球的沙漠裡就有一大堆類似的。」

「不是有人說，歷史總是不斷重演嗎？在木衛三市也是一樣，有些瘋子還宣稱它是外星人蓋的。不過只怕它撐不了多久了。」

「為什麼？」普爾驚訝地問。

「它已經開始崩潰了，因為太陽融解了永凍土。再過個一百年，你就認不得木衛三了……那是吉耳格美什湖畔——如果你看仔細一點的話——在右邊——」

「我看到了。那是怎麼回事？就算氣壓這麼低，也不應該是水在沸騰吧？」

「是電解廠，不知一天要生產多少億兆公斤的氧。氫當然就直接往上升，然後消失，至少我們是這麼希望的。」錢德勒愈說愈小聲，然後用一種很不尋常的心虛語氣重新開始：「下頭所有那些美麗的水資源——木衛三連一半都用不著！你可別跟人家說，不過我正在想辦法弄些到金星去。」

「比推彗星還容易嗎？」

「就能量的考量而言，沒錯，木衛三的最低脫離速度不過每秒三公里。而且省時得多，只要幾年就夠了，不用等上幾十年。但還是有些實際上的困難……」

「我能體會。你要用巨型火箭把水射出去嗎？」

「喔，不是。我會利用穿過大氣層的高塔，像地球上的那種，不過小多了。把水抽到塔頂，讓水冷卻到接近絕對零度，再利用木衛三的自轉把冰往正確方向甩出去。路上會有些蒸發損失，不過大部分都能抵達──有什麼好笑的？」

「對不起！我不是笑你的想法，聽起來相當有道理。不過你可把我帶回鮮活的回憶裡了。我們以前有一種庭院灑水器，就是利用水的噴射力讓它轉個不停。你計畫的是一模一樣的東西，不過尺度大了點……用的是整顆星球……」

突然，另一個來自過去的影像抹去了一切。普爾記得在亞歷桑納的大熱天裡，在庭院灑水器緩緩噴出的旋轉水霧中，他和瑞基很喜歡在會動的雲霧裡追逐。

其實錢德勒船長比他所假裝的更為敏感：他知道何時該離開。

「得滾回船橋去了。」他粗魯地說：「在狼神市降落時再見啦。」

第十八章 大飯店

木衛三大飯店（在整個太陽系裡自然是稱作「三大飯店」）當然一點也不大，而且，在地球上如果能被評為一顆半星，就算運氣好了。由於最接近的競爭者也在幾億公里外，所以飯店的管理階層並不覺得需要非常努力。

不過普爾沒有怨言。雖然他常希望丹尼還在身邊，幫忙處理日常瑣事，並和身邊那些半智慧裝置作更有效率的溝通。當房門在（人類）服務生背後關上的時候，普爾感到一陣恐慌。顯然服務生對這位貴客的光臨感到無比敬畏，以致忘了跟他解釋如何操作客房服務。在對沒反應的牆壁說了五分鐘毫無成果的話之後，普爾終於聯繫上一個可以瞭解他的口音及指令的系統。「星際新聞」會怎麼報導呢？**名太空人受困三大飯店套房，飢寒交迫至死！**

還有更諷刺的事。雖說三大飯店不能免俗地要為唯一的豪華套房命名，但當他被帶進「鮑曼套房」的時候，普爾看到同船老夥伴的古典真人尺寸全訊像，還是嚇了一大跳。他也認得那個影像：他自己的正式肖像也是在那時候製作的，就在任務開始前不久。

普爾很快就發現，哥力亞號上的大部分夥伴在狼神市都有家室，而且他們都急著要在預定停泊的二十天裡，讓普爾見見他們的另一半。普爾幾乎立刻一頭栽進這個前哨殖民地的社交與工作中，現在，反而是非洲塔比較像遙遠的夢了。

像許多美國人一樣，普爾內心深處有著一種對小社區的懷舊情感：每個人都互相認識——在真實生活裡，而不是電腦位元空間中的虛像。狼神市的人口，比他印象中旗杆鎮的還要少，倒是與此理想相去不遠。

三個主要的氣壓穹頂，每個直徑兩公里，就矗立在可遠眺綿延不斷冰原的台地上面。木衛三的第二個太陽（過去叫木星）所提供的熱遠不夠融解極冠，而這也是把狼神市建立在這般荒涼地點的主要理由：本城的地基在幾個世紀內都不大可能會崩潰。

待在穹頂內部，很容易會對外界環境不聞不問。普爾熟悉了鮑曼套房中的機關以後，發現自己對環境能有為數不多但相當精采的選擇。他可以坐在太平洋岸邊的棕櫚樹下，傾聽海浪溫柔的呢喃；如果他喜歡，也可以選擇熱帶颶風的怒號。他可以沿著喜馬拉雅群峰翱翔，或在水手谷中俯衝。他可以在凡爾賽宮庭院中散步，也能在五、六個大城市不同時代的街道上閒逛。就算三大飯店不是銀河系裡最為人稱道的度假勝地，但這些讓人引以為傲的設備，一定會讓地球上名氣更響亮的前輩旅館相形失色。

不過，穿過大半個太陽系來拜訪這個奇異的新世界，卻沉溺在地球的鄉愁裡，是有點可笑。嘗試了幾次後，普爾終於為他愈來愈少的休閒時間擬定了折衷方案——為了娛樂，也為了尋找靈感。

沒去過埃及是他長久以來的遺憾。現在，他非常高興能在人面獅身像的目光下放鬆心情（時間是設定在爭議性極大的「修復」之前），並欣賞遊客攀爬大金字塔的巨大石塊。幻象極其逼真，但杳無人煙的沙漠邊緣就是飽曼套房的地毯，實在很突兀。

然而上方映襯著的，卻是在金字塔蓋好五千年後，人類才看到的天空。那不是幻象，而是木衛三上複雜且不斷變化的現實。

因為這一個世界的自轉能力（像其他同伴一樣），遠在多年前就已經被木星（那顆高掛天空一動不動、由巨大行星中生出的新太陽）給剝奪了。木衛三的一側，永遠沐浴在太隗的光芒下。而另一個半球，雖一直被大家叫做「暗地」，但這名字就像更早期的「月球暗面」一般讓人容易誤解。其實，木衛三的「暗地」就像月球的「暗面」一樣，有半個「衛三日」的時間能看到老太陽明亮的光芒。

基於一個與其說有用，倒不如說很讓人迷惑的巧合，木衛三會花上幾乎正好一周的時間（七天又三個小時）繞行它的母星一圈。要制定出「衛三日＝地球周」曆法的企圖，因為曾搞出極大的混亂，而在數世紀前就被廢止了。像太陽系其他世界的居民一樣，本地人沿用宇宙時，他們用數字為二十四時命名標準日，而非用星期。

由於木衛三新生的大氣層還非常薄，而且幾乎沒有雲氣，天體的運行因而呈現永無止境的壯麗景觀。在最接近木衛三的時候，木衛一和木衛四的大小幾乎有地球上所見月亮的一半——這卻是木衛一和木衛四唯一的共同點。木衛一如此接近太隗，所以只要兩天不到便可繞行軌道一圈，甚至幾分鐘就能顯現出可見的移動。木衛四比木衛一遠三、四倍，要花兩個衛三日（或十六個地球日）才會優閒地轉完一圈。

這兩個世界的實體性質就更不相同了。凍結的木衛四，幾乎沒有受到木星變成小太陽的影響：它仍是一片布滿淺淺冰質隕石坑的荒原，這些隕石坑聚集如此緊密，是因為當年木星與土星的巨大重力場相互競爭，競相吸引著外太陽系的破片，以致整個衛星表面沒有一處逃得過不斷的撞擊。從那時候開始，除了幾顆流彈之外，數十億年以來便一直沒有發生過什麼事情。

在木衛一上，有些事卻每周都發生。如同一位本地哲學家的評論，在太隗誕生前它是地獄——現在呢，則是煉獄。

通常普爾會調整影像，觀察這火熱的大地，近觀火山口內部以及這片大於非洲、且不斷被火山重塑的陸地。有時，白熾的噴泉會衝入太空中數百公里高，像從死氣沉沉的世界中長出來的巨大火樹。

熔融硫磺的洪流自火山口與氣孔中溢出，其顏色在紅橙黃的狹窄光譜中變換，彷如變色龍一般，形成五顏六色的同素異性體。在太空時代的黎明到來前，沒有人可以想像真有如此世界存在。雖然從普爾的優勢觀察點來欣賞，一切都非常迷人，但他也發覺，難以想像有人曾冒險登陸過那塊連機械人都裹足不前的世界……

不過他最感興趣的還是木衛二。在和木衛三最接近的時候，它幾乎和地球那獨一無二的月亮一樣大，盈虧周期卻只要四天。雖然在選擇自己獨享景觀的時候，普爾並沒有注意到其象徵性，不過現在看起來，木衛三懸在另一個亙古大謎——人面獅身像上方的天空，卻是再適合不過了。

打從發現號朝木星出發後這一千來，木衛三的改變有多大，就算是普爾指定要原寸景觀、不用放大效果也看得出來。在伽利略衛星中最小的一顆上，過去一度包覆全球的蛛網狀細帶與線條如今已經消失，只有兩極地帶例外。在木衛三新太陽所產生的熱能之下，那裡厚達數公里的全球性冰殼仍然持續不融；而其他地方，恰好在如地球的舒適室溫，原始海洋卻在稀薄的大氣層中蒸發、沸騰。

在既是保護又是阻礙的冰殼融化後，對那些自水中浮出的生物而言，這也是舒適的溫度。軌道上的間諜衛星，顯示出鉅細靡遺的景致，已經發現木衛二歐羅巴上有種生物已進化到兩棲階段。雖然牠們大部分的時間仍在水裡，但「歐星人」已經開始建構一些簡單的建築。

這些都發生在僅僅一千年的時間裡，的確十分驚人。但沒有人懷疑，解釋就藏在最後也是最大的一塊石板裡——矗立在「伽利略海」岸邊那座數公里長的「長城」。

也沒有人懷疑，石板用自己神秘的方式，守護著它在這個世界進行的實驗——就像三百萬年前它在地球上進行的一樣。

第十九章 人類的瘋狂

普琳柯小姐

檔案夾——茵卓

親愛的茵卓——抱歉我連語音郵件都沒有寄給你——藉口當然一如往常，所以我也懶得說了。

回答你的問題——沒錯，我目前待在三大飯店裡挺自在的，可是花在這裡的時間卻愈來愈少，不過我對自己輸送到套房裡的天空景致很滿意。昨天晚上木衛一磁流管上有了一場精采的表演——是一種木星（我是說太隗）和木衛一之間的放電。很像地球上的極光，不過壯觀多了。在我出生以前，電波天文學家就已經發現了這個現象。

既然說到古代——你知道狼神市有警長嗎？我認為他們崇尚拓荒精神有點走火入魔了。讓我想起爺爺常說的那些亞歷桑納故事……我一定要講些給衛三人聽聽……

有件事說起來可能有點蠢——我還不大習慣待在鮑曼套房裡。我會忍不住一直回頭看……

我怎麼打發時間？跟在非洲塔時差不多。我跟本地的知識分子會晤，不過你可能會料想他們人數相當稀少（希望沒有人竊聽）。而且我也和教育系統（有真實的、也有虛擬的）互動，它似乎相當不錯，不過比你所贊同的要更技術導向一點。這也難免啦，在這麼一個陌生的環境裡……

不過那讓我瞭解了為什麼有人要住在這裡。那是我在地球上難得看到的一種挑戰——一種使命感，你也可以這麼說。

的確，大部分衛三人在這兒出生，所以他們不認為有別的故鄉。雖然他們——通常——都太禮貌了，不會這麼說，但他們覺得「母星」愈來愈頹廢了。你們是嗎？如果真的如此，你們「地人」（本地人是這麼叫你們的）又打算怎麼辦呢？我見過的一班高中生希望能喚醒你們。他們甚至草擬了一份入侵地球的極機密計畫，可別說我沒有警告你們……

我去狼神市外面走了一趟，去所謂的「暗地」，永遠看不到太隗的地方。我們一行十個人——錢德勒、兩名哥力亞號船員和六個衛三人——進入「暗地」，追逐太陽，直到太陽落入地平線，所以那裡是真正的夜晚。真神奇——很像地球上極區的冬天，但天空卻是一片漆黑……讓我幾乎覺得自己是在太空裡。

我們順利看到所有的伽利略衛星，還看到木衛二「食」木衛一——對不起，是「掩」木衛一。當然啦，這趟旅行是算好時間的，所以我們才看得到……

剛好也看到了太陽系幾顆比較小的行星，不過「地月雙星」還是最醒目的。我會不會想家？老實說，不會——不過我想念那裡的新朋友……

我覺得抱歉的是——還沒有和泰德．可汗博士見面，雖然他已經留了好幾次話給我。我保證幾日內就會跟他——地球日，不是衛三日！

替我問候安德森和丹尼——你知道丹尼現在怎麼樣了嗎？是不是變回人了呢？隨信寄上我的愛……

儲存

傳送

在普爾那個時代，姓名多少會透露出一個人的外表特徵，不過三十世代之後，這已經不再準確。結果泰德．可汗博士竟然是位金髮碧眼的北歐人，與其讓他在中亞草原上馳騁，不如把他擺在海盜船上還比較像回事。不過，他扮演這兩個角色都不會太成功，因為他還不到一百五十公分高。普爾忍不住來點業餘的精神分析：個子小的人通常都是力求表現的人──這點，由茵卓所給的暗示來看，顯然對木衛三上唯一的哲學家是很好的描述。可汗也許需要這些特質，以便在這麼一個功能取向的社會裡求生存。

狼神市小得沒辦法容納令人自豪的大學校園──雖說有人相信通訊革命讓大學校園已成過去式，但這樣的奢華在別的世界依然存在。取而代之的是，狼神市有一個更恰當而也同樣有數百年歷史的學院。這學院還有一小叢橄欖樹，除非你自己試著穿過樹叢，不然連柏拉圖都會信以為真。茵卓說的那個「哲學系除了黑板之外什麼都不需要」的笑話，在這個世故的環境裡顯然不適用。

「這是針對七個人使用而設計的，」當他們在故意設計得令人不太舒適的椅子上坐下來時，可汗博士十分驕傲地說：「因為那是有效互動的最大人數。而且，如果你把蘇格拉底的靈魂也算進去，那就是斐多發表他著名演說時的人數……」

「那個關於靈魂不朽的演講嗎？」

可汗博士驚訝的表情，讓普爾忍不住笑了起來。

「我畢業前修了一堂速成哲學——排課表的時候，有人覺得我們這些粗手粗腳的工程師應該受一點文化洗禮。」

「聽到這種事真讓我高興，這樣會讓事情容易多了。你知道嗎，我還不敢相信我的運氣。你到這裡來，幾乎害我相信奇蹟了！我也想過要去地球見你——親愛的茵卓有沒有告訴你我的——呃——沉迷？」

「沒有。」普爾不大老實地回答道。

可汗博士看來相當高興，顯然樂得找到一個新聽眾。

「你可能聽過別人稱我無神論者，不過那倒也不盡然。無神論是不可證明的，一點也不有趣。無論多不可能，我們永遠都沒辦法確定上帝曾經存在，然而現在卻飛到了無限遠處，任誰也找不到的地方……像釋迦牟尼佛。我沒什麼立場評論這個主題，我的領域是在一般稱之為『宗教』的變態心理學。」

「變態心理學？這樣評斷很極端喔。」

「史有明證。假設你是外星智慧生物，只關心可驗證的真理，你發現了某種物種，他們把自己分裂成上千——不對，到現在應該是好幾百萬的族群，有著各式各樣對宇宙源起及行為準則的信仰。雖然許多族群有相同的想法，甚至其中有百分之九十九的想法都重疊，但那剩下的百分之一，仍足以讓他們為了教條的枝微末節（對外人來說毫無道理可言）而互相殘殺。

「要如何解釋這些非理性的行為？古羅馬詩人盧克利修斯說得好，他說宗教是恐懼的副產品——對神秘且通常不友善的宇宙之反應。對人類的史前時期來說，這也許是一種必要之惡。但為何會比所需要的更邪惡呢？為什麼在已經不再必要的時候，仍會流傳下來呢？

「我說邪惡——我沒誇張，因為恐懼導致殘酷。只要瞭解一點點宗教法庭的歷史，就會令自己恥為人類……史上最噁心的一本書就是《女巫的消滅》，幾個變態的傢伙寫的，描述由教廷授權甚至是鼓勵地刑求——要從成千的無辜老太婆身上逼出『自白』，然後再把她們活活燒死……教宗自己竟然還寫了一篇讚許的序言！

「不過其他大部分的宗教——也有少數一些值得尊敬的例外——就像天主教一樣糟糕……即使是你的時代，小男孩還要被鏈著、鞭笞，直到他們記住狗屁倒灶的連篇鬼話，被剝奪童年和青壯歲月，去當僧侶……

「也許整件事最令人困惑的一面，就是那些顯然是瘋子的傢伙，一世紀又一世紀地宣稱他們——只有他們自己而已！——接收到來自上帝的訊息。如果所有的訊息都一致，那就天下太平了；不過，各訊息間當然都天差地遠，也無法阻止自命救世主的傢伙召集上百、有時甚至上百萬的信徒，去和彼此之間只有一點點不同，但同樣被誤導的其他教派拚命。」

普爾覺得該是挑戰泰德的時候了。

「你這麼一說，讓我想起小時候發生在我家鄉小鎮的一件事。有個聖人——加引號的——開了個店，宣稱他可以製造奇蹟，幾乎立刻就召集了一群信眾。而且，他的信徒既不愚蠢也並非文盲，通常還是來自最好的家庭。每個星期天早上，我都會看見一些高級的車子停在他的——呃——神殿旁邊。」

「那叫『拉斯普汀症候群』，史上有幾百萬個這種例子，遍布每個國家。那種邪教，一千個裡面大概會有一個可以流傳幾代。這個後來怎麼樣了？」

「嗯，他的對手相當不高興，想盡辦法詆毀他。希望我還記得他的名字——他用了很長一個印度名字，史哇米什麼的。結果這傢伙其實是從阿拉巴馬來的。他的把戲之一是憑空變出聖物，然後交給崇拜者。無巧不巧，我們當地的猶太法師剛好是個業餘魔術師，還公開示範如何變那個把戲。不過一點用也沒有，信徒說聖人的魔法是真的，猶太法師就是妒忌他。

「我很遺憾這麼說，但有一陣子我媽對那個無賴挺認真的，那是在我爸跑掉之後沒多久，說不定那也有點關係。有次她還把我拖去聽他講道。我大概才十歲，卻覺得從來沒看過長得這麼討厭的人。他留了一把可以養好幾隻鳥的鬍子，搞不好真有鳥兒住在裡面哪！」

「聽起來像是典型的例子，這傢伙風光了多久？」

「三、四年吧。然後他急急忙忙離開鎮上；因為人家逮到他開青少年性派對。當然他說是在施行神秘的靈魂拯救術。你一定不相信——」

「說來聽聽。」

「就算都到那個時候了，還是有一堆笨蛋相信他：他們的神不會錯，所以他一定是被羅織的。」

「羅織？」

「抱歉，是指用假證據定罪。當其他方法都沒用的時候，警察有時候會用這種方法抓犯人。」

「嗯。呃，你那位史哇米是十足的典型，我好失望喔。不過確實有助於證明我的論點——大部分的人類總是瘋狂的，至少有時候如此。」

「旗杆鎮的這個例子，是一個不具代表性的抽樣。」

「沒錯，不過我可以舉出上千個相同的例子，不只是你的世紀，而是各個時代。不管是多麼荒謬的事，都有人願意相信，通常還非常狂熱，寧願拚命捍衛，也不願放棄自己的錯誤觀念。對我來說，那是精神錯亂的極佳操作型定義。」

「你會認為有強烈宗教信仰的人都是瘋子嗎？」

「就嚴格的技術層面來說，是的——如果他們真的都很虔誠，而不是偽君子。不過我估計，大概百分之九十的人都很虛偽。」

「我確定伯恩斯坦法師是真心的，他是我見過的人裡面神智最清楚、也是最好的人，這你又怎麼解釋呢？我見過唯一真正的天才，就是錢德拉博士，領導哈兒計畫的那位。有一次我進他的辦公室去找他，敲門時沒人回應，我還以為沒人在。

「他對著幾尊奇異的青銅小雕像祈禱，前面還供著鮮花。其中一尊看起來像大象……還有一尊不只兩隻手臂……我覺得很不好意思，幸好他沒發現，我就躡手躡腳溜出去了。你會說他瘋了嗎？」

「你舉的例子不好，天才通常都是瘋狂的！所以讓我們這樣說：他們不是瘋子，但心智受損，那是肇因於童年的制約。耶穌會士宣稱：『把一個小孩交給我六年，他將一生為我所有。』如果他們及時逮到少年錢德拉，他就會變成虔誠的天主教徒，而不是印度教徒了。」

「可能吧。不過我很困惑，你為什麼急著要見我？恐怕我從來就沒對任何東西虔誠過。我跟這一切又有什麼關係？」

帶著明顯如釋重負的喜悅，可汗博士一五一十告訴了他。

第二十章　離經叛道

記錄——普爾

嗨，法蘭克……所以你終於和泰德見面了。沒錯，你可以叫他怪胎——如果你對怪胎的定義是毫無幽默感的狂熱者。不過怪胎通常都是那個樣子，因為他們知道一個極大的真理——聽到我的引號了嗎？卻沒人肯聽他們的……我很高興你肯聽他說——我也建議你對他的話認真點。

你說，你很驚訝地發現泰德的公寓裡掛了一幅顯眼的教宗肖像。那應該是他的偶像，「碧岳二十世」吧——我以前一定跟你提過他。去查查他的資料——人家通常都說他叛教！那可真是個動人的故事，而且跟你出生前發生的某件事幾乎一模一樣。你一定知道戈巴契夫吧，蘇維埃帝國的領導者，二十世紀末時，因為他揭露了帝國的罪惡與暴行，而使得帝國崩潰瓦解。

碧岳二十世並未打算做到那種程度——他原本希望改造宗教界，不過當時已經不可能了。我們永遠無法知道他是否打著同樣的主意，他公開了宗教法庭的秘密檔案，震驚了全世界。在那之後不久，他就被一個精神錯亂的主教給暗殺了……

在那之前幾十年，宗教界還因TMA0的發現而震撼不已——想必那件事對碧岳二十世有很大的衝擊，理所當然也影響了他的行動……

可是你還沒有告訴我，為什麼泰德這個偽多神論者會認為你有助於他研究上帝。我相信他一定還在生上帝的氣，氣祂躲得那麼好。你最好別告訴他我這麼說。

不過，再想一想，有何不可？

愛你——茵卓

儲存

傳送

普琳柯小姐

記錄

嗨——茵卓——泰德博士又給我上了一課，不過我仍未告訴他為什麼你覺得他在生上帝的氣！

但我跟他有些非常有趣的辯論——不，對話，雖然說大部分的時間都是他在講。真沒想到在這麼多年工程生涯後，我會再踏進哲學的領域。或許我必須先瞭解哲學，才能體會泰德的想法吧。不知道他會怎樣評斷我這個學生？

昨天我嘗試用這個角度探討，想看看他的反應。或許這是原創的方法，不過我挺懷疑的。我想你會有興趣聽——我也想知道你的看法。我們的討論如下——

普琳柯小姐——複製九十四號語音檔

「當然啦，泰德，你不能否認，大部分最偉大的人類藝術作品，靈感都是源於宗教奉獻。難道那些也沒能證明什麼嗎？」

「是沒錯，不過並不是用能讓所有善男信女都得到慰藉的方式。人類三天兩頭就會列出世上最巨大、最偉大，和最優秀的種種來自娛。我確定在你那個時候，那是種相當普遍的娛樂。」

「的確如此。」

「在藝術方面，這種著名企圖也出現過幾次。當然，這樣的名單不可能建立起絕對而且永恆的價值，不過倒是很有趣，因為它顯示出品味如何隨時間改變。

「我最近看到的一份名單，是幾年前在『地球藝術網』上面。分成建築、音樂、視覺藝術……我還記得幾個例子……帕德嫩神廟、泰姬瑪哈陵……巴哈的觸技曲和賦格曲是音樂的第一名；接下來是威爾第的『安魂彌撒曲』。藝術方面，當然有蒙娜麗莎啦。然後——我不大確定順序，斯里蘭卡某處的一組佛教雕像，還有英年早逝的圖唐卡門國王的金面具。

「就算我記得其他的（我當然記不得），那也不重要，重要的是其文化與宗教背景。就整體而言，各藝術領域都沒有獨鍾哪一種宗教——只有音樂例外。那可能純粹是科技層面的偶發事件：因為風琴以及其他非電子樂器，在基督教西方已臻完善。但是……比方說，倘若希臘人和中國人認真看工藝技術，也可能完全不是那麼回事了！

「可是真正引起爭論的，就我所關切的層面，是要公認一件最偉大的人類藝術作品。幾乎在每份名單上都一再出現的——是吳哥窟。然而，啟發該藝術的宗教早已絕滅數世紀，沒有人真正知道那到底是什麼宗教，只曉得它有數百位神祇，而非只有獨一無二的一位！」

「真希望我可以把這個問題丟給伯恩斯坦大法師，我相信他一定有很好的答案。」

「這點毫無疑問。我也希望自己曾經見過他；然而我也很高興，他沒有活著看到以色列的下場。」

語音檔結束

你聽到啦，茵卓。希望三大飯店的服務項目上有吳哥窟——我從來沒去過，不過一個人總是不可能要什麼有什麼……

接下來，是你真正想要我回答的問題……我到這裡來，為什麼會讓泰德博士那麼高興？

如你所知，他深信許多謎題的關鍵就矗立在木衛二上，已經有一千年的時間，沒有人得以降落在那裡。

他認為我可能會是個例外，他相信我有朋友在那兒。沒錯，就是大衛．鮑曼，不管他現在成了什麼東西……

我們知道他被拉進了老大哥石板，卻並未因此身亡——事後又不知怎麼辦到的，他還造訪了地球。但還有其他的事，我本來並不知道，只有很少數的人曉得，因為衛三人對此事羞於啟齒……

泰德．可汗花了多年時間蒐集證據，他現在已對事實相當肯定──即使還無法解釋。至少有六次，大概每隔一世紀，在狼神市就會有可靠的目擊者，報告他們看到一個──幽靈，就像海伍．佛洛依德在發現號上見到的。雖然這些目擊者沒有一個人知道那次意外事件，但當他們看到大衛的全訊像時，卻都能認出他來。六百年前還有另外一起目擊事件，發生在一艘極靠近木衛二的探勘船上……

分開來看，沒有人會把這些案例當真，但放在一起便一目了然。泰德很確定大衛．鮑曼以某種形式存活著，想必和我們稱為「長城」的石板脫不了干係。而他還依舊對人類的事情有興趣。

雖然他並未試圖溝通，但是泰德希望我能試著聯繫他。泰德相信我是唯一做得到的人……

我還拿不定主意，明天我會和錢德勒船長談談。會讓你知道我們的決定。愛你，法蘭克。

儲存

傳送──茵卓

第二十一章 禁地

「你相信有鬼嗎，迪姆？」

「當然不信，但就像其他明白人一樣，我怕鬼。問這幹麼？」

「如果不是鬼，我就沒作過更逼真的夢了。昨晚我和大衛・鮑曼促膝長談。」

普爾知道，在需要之際，錢德勒船長會對他的話認真；而他也從沒失望過。

「有意思——但這有個明白不過的解釋。你一直住在鮑曼套房裡，上蒼啊！你也告訴我你自己都覺得毛毛的。」

「我確定——嗯，百分之九十九確定你說得沒錯，而且我和泰德教授的討論又喚起了這件事。你有沒有聽說過，大衛・鮑曼偶爾會出現在狼神市？大概每隔一百年左右？就像發現號被重新啟動之後，他對佛洛依德博士現身一樣。」

「那是怎麼一回事？我聽過一些模糊的故事，不過沒怎麼認真。」

「泰德博士可認真得很，我也是——我看過原始紀錄。當塵雲在他身後成形，變成大衛的頭像的時候，佛洛依德就坐在我的老位子上。然後那東西便傳達了那則著名訊息，警告他趕緊離開。」

「誰不會呢？但那已經是一千年以前的事了，有足夠的時間可以作假。」

「何必作假？泰德和我昨天還在看那個紀錄，我敢拿性命打賭它貨真價實。」

「事實上，我同意你的看法。我也聽說過那些報告……」

錢德勒愈說愈小聲，似乎有點不好意思。

「很久以前，我在狼神市這兒有個女朋友。她跟我說她爺爺看過鮑曼，結果我哈哈大笑。」

「不曉得泰德的名單上有沒有這筆紀錄，你能不能幫他聯絡你的朋友？」

「呃──最好不要吧。我們已經好多年沒說話了。就我所知，她可能在月球，或者火星……不管怎樣，泰德教授為什麼有興趣？」

「這才是我真正想跟你談的事。」

「聽來不是好事，說吧。」

「泰德覺得大衛．鮑曼可能還活著，就在木衛二上面──不管他變成了什麼東西。」

「在一千年之後？」

「喂！看看我吧。」

「一個例子不能算數，我的數學教授常這麼說。不過繼續說吧。」

「這是個很複雜的故事，也像缺了很多片的拼圖遊戲。但一般公認，三百萬年以前，那塊石板出現在非洲的時候，在我們祖先的身上發生了一些關鍵事件。它標示出史前時代的轉捩點——工具以及武器和宗教的首度出現……這不可能純屬巧合。石板一定對我們做了些什麼。它當然不會光是杵在那兒，等著接受膜拜……

「泰德很喜歡引用一位著名古生物學家的話，他說：『TMA0在我們的屁股上踢了演化性的一腳』。他辯稱這一踢，並不是完全朝著我們想要的方向。我們一定要變得那麼卑劣醜惡才能生存下去嗎？也許是吧……就我對他的瞭解，泰德認為在我們大腦的配線上有些基礎性的錯誤，讓我們無法進行一致性的邏輯思考。更糟的是，雖說每種生物都需要一定程度的侵略性格才能生存，但我們擁有的卻比絕對需要的多得多。也沒有其他任何一種生物，會像我們一樣折磨自己的同胞。這會是演化上的偶然、遺傳學上的不幸嗎？

「另一個廣為接受的說法是，月球上的TMA1是為了追蹤這個計畫，或實驗或不管到底是什麼東西，並向木星回報──顯然木星是『太陽系任務控制中心』；那也是為什麼另一塊石板──老大哥等在那裡的原因。在發現號抵達之際，它已經等了三百萬年了。到目前為止，同意嗎？」

「同意，我一直都認為這是最有可能的理論了。」

「接下來是更為臆測性的事情。表面上看來，鮑曼是被老大哥吞了下去，不過他的某些人格似乎還殘存著。海伍．佛洛依德於第二次探險木星遇到他之後二十年，他們在宇宙號上再度相遇，佛洛依德是為了二〇六一年與哈雷彗星的會合才加入任務。至少，他在回憶錄裡是這麼告訴我們的──不過他口述時已經一百多歲了。」

「可能是高齡所致。」

「依照現代的標準就不是了！同樣的，或許更具意義的，是當銀河號迫降在木衛二上面時，他的孫子克利斯也有同樣怪誕的經歷。而且，當然啦，該處就是那塊石板目前所在之地！正被歐星二人圍繞著……」

「我漸漸瞭解泰德博士目的何在，現在該我們上場了。整個循環又從頭開始，衛二人將被栽培成明日之星。」

「完全正確！一切都吻合。把木星點燃，是為了給牠們一個太陽，融化那個冰凍的世界。警告我們保持距離，想必是為了不讓我們妨礙牠們的發展……」

「我在哪聽過這樣的想法？對啦！法蘭克——這要回溯到一千年前，回溯到你的時代！『最高指導原則』！那部古老的『星艦』影集可真是有先見之明。」

「我有沒有告訴過你，我曾經見過其中幾位演員？如果他們現在看到我，一定會很驚訝……我自己對那個不干預政策也常覺得矛盾。當初在非洲的時候，石板對人類所做的顯然違背了這個原則。可能有人會說，的確帶來災難性的後果……」

「所以下次運氣會比較好——在木衛二上！」

普爾乾笑幾聲。

「跟可汗說的一模一樣。」

「那他覺得我們該怎麼辦呢？最重要的是，你又扮演了什麼角色？」

「首先，我們得知道木衛二上到底發生了什麼事，還有為什麼。單單從太空中觀察是不夠的。」

「我們還能怎麼辦？衛三人發射過去的探測器，在著陸前就統統炸掉了。」

「而且，打從拯救銀河號的任務開始，載人太空船都被某種力場給推偏了，沒人知道是哪種力量。很有意思，這證明了不管下面是什麼東西，它純屬保護性質，沒有惡意。而且——這才是重點，它一定有辦法知道來者何人，能夠分辨機器人和人類。」

「比我還厲害，有時候我都看不清。繼續。」

「嗯，泰德認為，有個人也許可以降落在木衛二表面上——因為他的老朋友在那兒，也許他可以影響那股力量。」

迪米崔．錢德勒船長吹了聲低沉的、長長的口哨。

「而你願意冒這個險？」

「對。我又有什麼好損失的呢？」

「一艘價值不菲的太空梭，如果我沒猜錯的話。你就是為了這個原因，才學飛『游隼號』的嗎？」

「嗯，既然你提起……我是這麼想過。」

「我得好好想想。我承認你們勾起了我的興趣，不過還是有很多問題。」

「因為我瞭解你，一旦你決定要幫我之後，別人就構不成障礙了。」

第二十二章　冒險

普琳柯小姐——條列地球所傳來重要訊息記錄

親愛的茵卓——我不是故意要那麼戲劇化，不過這也許是我由木衛三傳送出去的最後一通訊息。等你收到的時候，我已經在往木衛二的途中了。

雖然這是個倉促的決定，而且沒有人會比我自己更驚訝，不過我卻非常仔細地考慮過。你也猜得到，泰德．可汗是最主要的原因……如果我沒回來的話，就讓他去解釋吧。

請不要誤解我，我絕對沒有把這件事當作自殺任務！不過我被泰德的論點說服了九成，他引起了我極大的好奇，如果我拒絕了這個一生只有一次的機會，我永遠也不會原諒自己。也許應該說，是兩生才有一次的機會……

我將駕駛哥力亞號的單人小太空梭遊隼號——我多麼希望能夠示範給我那些航太

總署的老同事看！根據過去的紀錄判斷，最有可能的結果，就是在我能降落木衛二以前，便會被推偏方向。即使如此，我也能學到些東西……

而如果它（想必是當地那塊石板，那座「長城」）決定要像過去做掉那些探測器一樣處理我，我也不會知道的。我已準備好要冒那個險了。

謝謝你做的一切，誠摯地問候安德森。傳回來自木衛三的愛——希望下次是來自木衛二。

儲存

傳送

【第四篇】

硫磺國度

第二十三章　遊隼

「目前木衛二距離木衛三大約四十萬公里左右，」錢德勒船長告訴普爾：「如果你猛踩油門——謝謝你教我這個說法！遊隼號可以讓你在一小時內抵達。但我不建議這樣做，咱們那位神秘的朋友，對這麼高速衝過去的任何人都可能會起戒心。」

「同意！我也需要時間思考。我至少會花上幾個鐘頭，而且我仍然希望……」普爾愈說愈小聲。

「希望什麼？」

「希望在我試圖著陸以前，可以和大衛有某種形式的接觸，不管他現在變成了什麼。」

「對啊，當不速之客總是不禮貌的，就算造訪熟人也一樣，更何況是對木衛二上那些陌生人。說不定你該帶點禮物去——古代的探險家都用什麼？我記得鏡子和玻璃珠一度還滿受歡迎的。」

錢德勒玩笑般的語氣，並未成功掩飾他真正的關切，那不只是對普爾，同時也是為了普爾打算借用那昂貴的設備——哥力亞號的船老大終究是要負全責的。

「我還沒決定我們該怎麼進行。如果你凱旋歸來，我希望沐浴在你的光輝裡。可是如果你弄丟了遊隼號、也丟了自己的性命，我又該怎麼說？說你趁我們不注意的時候偷走了太空梭？恐怕沒人會相信吧。『木衛三交通控制中心』可是非常有效率的，而且他們也不得不然！如果你不告而別，他們會立刻找到你，只要一微秒——嗯，一毫秒！除非我事前先呈報你的飛行計畫，不然你一定走不了。

「所以我這麼打算，除非能想到更好的辦法……

「你駕駛遊隼號出去，進行最後的資格測驗——每個人都知道你早就單飛了。你會進入木衛二上方兩千公里高的軌道，這相當正常，隨時有人這麼做，當地的力量似乎也不反對。

「預估飛行總時數是五小時加減十分鐘。如果你突然改變主意不想回家，沒人能拿你怎麼樣——至少，木衛三上的人辦不到。當然啦，我會暴跳如雷，說這樣的航空失誤真是太令我震驚等等，諸如此類能讓我在往後的偵查庭上更逼真的話。」

「會到那種地步嗎？我不希望害你惹上麻煩。」

「別擔心，也該是讓這兒有點小刺激的時候了。不過只有你我知道這個計畫，儘量別和船員們提起，我希望他們看起來──你教我的那個說法是什麼？『滿臉無辜』。」

「謝了，迪姆──我真的很感激你做的這一切。希望你永遠不必後悔，曾在海王星附近把我拖上哥力亞號。」

當船員們為遊隼號準備一次原則上短程、例行的飛行任務時，普爾發覺自己的言行舉止仍然難免引人懷疑。只有他和錢德勒知道，可能根本就不是那麼回事。

不過他也並非像一千年前他和大衛．鮑曼那樣，朝全然的未知飛去。遊隼號的記憶中儲存有高解析度的木衛二地圖，可以看出幾公尺寬的細節。他清楚知道自己要往哪裡去；剩下的，就要看他能否打破數世紀以來的禁忌了。

第二十四章　脫逃

「請給我手動控制。」

「你確定嗎，法蘭克？」

「非常確定，遊隼……謝謝你。」

雖然似乎相當不合邏輯，但是大部分的人都發覺，不管自己的人造後裔心智有多簡單，都不得不對它們客客氣氣。成冊成冊的心理學專書，以及熱門的指南（《如何避免讓你的電腦傷心》、《人工智慧的真實憤怒》），都以人／機禮儀為寫作主題。許久以前就已經決定了，無論對電腦粗魯無禮顯得多麼微不足道，都應該受到規勸。因為，這很容易就會擴及到人與人之間的關係。

遊隼號此時已經在軌道上了，一如飛行計畫所提出的，安全來到木衛二上方兩千公里處。一彎巨大的蛾眉占據了眼前的天空，而且即使沒有被太隗照到的地方，也被遠方的太陽照得一清二楚。普爾毋須藉助任何光學儀器，就可以看見預定的目的地，它就在平靜的、冰凍的伽利略海岸邊，距離降落在這個世界的第一艘太空船的骨骸不遠處。雖然歐星二人早已取走它所有的金屬零件，這艘不幸的中國太空船仍然像紀念碑般憑弔著它的船員；而這個星球上唯一的「村鎮」（即使是個外星村落），實在該命名為「錢氏村」。

普爾決定先下降到海面上方，然後再慢慢朝錢氏村飛過去——希望這種方式會顯得友善，至少也表示沒有攻擊性。雖然他自己也承認這個念頭實在太天真，卻也想不出更好的方法。

然後，突然之間，就在他落到一千公里以下的時候，有人打斷了他——並非他期望的那種，卻在他意料之中。

「木衛三控制中心呼叫遊隼號，你已經逾越了你的飛行計畫。請立刻告知現狀。」

對於這般緊急的要求，很難置之不理，不過在這種情況下，也只好這麼辦了。

過了整整三十秒，離木衛二又近了一百公里後，木衛三又重複了訊息。普爾再度置之不理，但遊隼號則不然。

「你真的確定要這樣嗎，法蘭克？」太空梭問道。雖然普爾很清楚是自己的想像，但他可以發誓，它的聲音中透著一絲不安。

「相當確定，遊隼號。我很清楚自己在做什麼。」

那當然不是真的，而且從現在開始，可能要說更多的謊，而且是面對一個更世故的對象。

在控制板邊緣，鮮少啟動的指示燈亮了起來。普爾露出滿足的微笑：一切都按照計畫進行。

「這是木衛三控制中心！你聽得到嗎，遊隼號？你正使用手動接管操作，所以我無法協助你。怎麼回事，為何你仍持續朝木衛二下降？請立即回報。」

普爾開始有點良心不安了。他覺得自己認出了那位控制員的聲音，而且幾乎可以確定，就是那位迷人的女士——當他抵達狼神市之後不久，在市長主辦的歡迎會上遇見的那位。她的聲音聽起來真的很擔心。

突然間，他知道該怎樣安撫她了，也可以試試原本以為太荒謬而不予考慮的方法。或許還是值得一試，當然不會有負面影響，說不定還能成功。

「我是法蘭克．普爾，自遊隼號呼叫。我好得很，但似乎有某樣力量接管了控制系統，而且正把太空梭帶往木衛二。希望你們能接到這則訊息——我會盡可能持續回報。」

嗯，他並不是真的對憂心忡忡的管制員撒了謊，他希望自己有一天能坦蕩蕩地面對她。

他繼續說話，試著讓自己的聲音聽起來非常誠懇，而不是在事實邊緣遊走。

「重複，這是遊隼號太空梭上的法蘭克．普爾，正朝木衛二表面下降。我猜有某種外力控制了我的太空梭，並會使我們安全降落。

「大衛，這是你的老搭檔法蘭克。是你控制了我嗎？我有理由相信你在木衛二上。

「果真如此的話，我希望能見到你——不管你在哪裡，不管你是什麼。」

他壓根兒沒想過會有人回應。即使是木衛三控制中心，似乎也震驚得說不出話來。

但就某個角度而言，他也得到了答案。遊隼號仍毫無阻攔地朝伽利略海降落。

木衛二就在下方五十公里處；現在普爾用肉眼就能看到那條窄窄的黑色條狀物，亦即最大的石板站崗之處（如果它真在站崗的話），它就在錢氏村的外緣。

一千年來，沒有人類得以如此接近。

第二十五章　深海之火

數百萬年以來，這裡一直是個海洋世界；隱藏的水由一層冰殼保護，隔絕於真空之外。大部分的地方，冰層均厚達數公里；但也有薄弱之處，冰層會裂開、崩解。之後，兩種誓不兩立的死敵會進行短暫的對抗，那是在太陽系其他世界都見不到的短兵相接。海洋與太空的戰爭，總是以同樣的僵局結束；暴露出來的海水同時沸騰與凍結，修補著冰質甲冑。

如果不是受到旁邊木星的影響，木衛二的海洋只怕早就統統凍成冰塊了。木星的重力不斷搓揉這小世界的核心；搖撼著木衛一的力量在此也同樣具有影響力，但沒有那麼厲害。深海中到處都是行星與衛星間角力的證據；深海地震造成的持續鬼哭神號中，氣體由內部尖嘯著竄出，冰崩產生的次聲壓力波掃過深海的平原。和覆蓋著木衛二的嘈雜冰洋比起來，即使是鬧哄哄的地球七海都顯得安靜。

分布在深海中隨處可見的，是會讓所有地球生物學家都又驚又喜的綠洲。綠洲綿延長達數公里，周圍是一團團糾結的管狀物，那是礦質滷水湧出後形成的，像是拙劣的哥德城堡仿製品。從那之中，黝黑滾燙的液體隨著緩慢的節奏脈動而流出，像被強有力的心臟壓縮著。猶如血液一般，那也是生命的明證。

滾燙的流體阻止了由上面滲流而下的冰冷液體，並在海床上形成溫暖的島嶼。同樣重要的是，它們從木衛二內部帶來生命需要的所有化學物質。這般富饒的綠洲，供應著豐富的食物與能量，早在二十世紀，就已被地球海洋的探險家發現。在這裡則以一種更恢宏的規模展現，變化性也大得多。

細緻且有如蛛網、看來像植物的結構體，在最接近熱源的「熱帶」地區茂密生長著。爬行其間的，則是奇異的蛞蝓和蠕蟲。有些在植物上進食，其他則直接由周遭富含礦物質的水中攝取食物。在這些來取暖的生物外圍，距離深海之火遠一點的地方，則生長著更頑強、更堅韌的生物，看來有點像螃蟹或蜘蛛。

成千上萬的生物學家，都可以在此花上一輩子的時間，只研究一個小小的綠洲。與地球的古生代海洋不同，木衛二的深淵並非穩定的環境，因此，演化以驚人的速度進展，創造出許多神奇的生命形式，而且全部被某種神秘的制裁力量操控著生死。當這股統御力量的重心轉移至別處，這些生命之泉遲早會衰弱與死亡。整個木衛二海床上，隨處可見這種悲劇的明證；數不清的圓形區域內散布著死去生物的骸骨，以及殘餘的礦物質外殼。在那些地方，演化從生命之書中被成章刪去。有些留下了唯一的紀念：巨大的、空盪盪的殼，像是漩渦狀的喇叭，比人還要大。還有許多不同形狀的蚌殼，有雙殼的，甚至三殼的，也有螺旋形、寬達數公尺的——與地球白堊紀末期海洋中神秘消失的美麗菊石一模一樣。

在木衛二深海中最大的奇觀之間，從巨大的深海火山口中湧流而出的，是熾熱的熔岩流。此處的水壓如此巨大，使得與紅熱岩漿接觸的水無法瞬間蒸發，這兩種液體便劍拔弩張地共存著。

在這個外星世界，由外星演員所主演的埃及故事，遠在「人」出現以前便已上演。如同尼羅河為沙漠中的狹長地域帶來生命，這股溫暖熱流也使得木衛二的深海生動了起來。沿著河岸，寬不過數公里的地帶，一種又一種的生物演化出來，盛極一時、隨後消失；有些則留下永久的遺跡。

通常，那些生物和熱流口周圍的自然形成物難以區分，就算它們顯然並非純粹由化學作用產生，也令人難以判定究竟是直覺還是智慧的產物。在地球上，由白蟻所建造的高樓大廈，才差不多可以媲美被巨大海洋冰封的世界中的這些發現。

在深海荒漠中，沿著窄窄的肥沃地帶，整個文化甚至文明都有可能興起又衰敗。在木衛二的帖木兒或拿破崙指揮之下，也許有軍隊行進——或說泅水，而這世界的其他部分卻毫無所悉，因為所有綠洲都相互隔絕，猶如行星彼此。沐浴在熔岩流的溫暖中的生物，與在地熱口周遭覓食的生物，都不能穿越介於彼此孤寂島嶼間的蠻荒野地。就算出現過史學家和哲學家，每個文化也將深信自己是宇宙中的唯一。

但在綠洲之間也並非是全然的生命荒漠，還有更頑強的生物，能夠忍受酷烈的環境。有些是木衛二的「魚」：流線形的身軀，由垂直的尾巴推進，並由沿著身體生長的鰭操控方向。與地球最成功的海洋居民相似，乃是必然：面對同樣的工程問題，演化必定會給予一致的解答。看看海豚與鯊魚，外表幾乎一模一樣，但在演化樹上卻相距如此遙遠。

然而，木衛二海洋中的魚和地球上的，卻有一個最明顯的不同：牠們沒有鰓。因為在牠們優游的海水中，沒有絲毫氧氣可供呼吸。就像地球上地熱口周邊的生物一般，牠們的代謝是以火山環境中所盛產的硫化物為基礎。

也只有極少數生物擁有眼睛。除了熔岩流瀉時的閃光，和偶然可見的、為求偶或追獵所發出的生物冷光，這是個沒有光的世界。

這也是個命運多舛的世界。不單因為它的能量來源零星且變換不定，也因為操控這些能源的潮汐力正不斷減弱。就算發展出真正的智慧，歐星人也會被困在火與冰之間。

除非出現奇蹟，不然牠們會因為小世界終將冰封而滅亡。太隗，則成就了這項奇蹟。

第二十六章 錢氏村

在最後一刻，當他寧靜地以時速一百公里來到海岸邊時，普爾不知會不會功虧一簣。但即使當他沿著「長城」黝黑險峻的表面飛過，也沒有遇到任何麻煩。

替木衛二的石板取這個名字，真是再恰當也不過了。因為，與它自己在地球和月球上的小兄弟不同，老大哥水平地豎立，長度超過二十公里。雖然它的真實尺寸要比TMA0和TMA1大上數十億倍，但比例卻一模一樣——那數世紀以來，激發許多探討數字神秘關係的一：四：九。

它的垂直面幾乎高達十公里，所以有個挺唬人的理論堅稱，除了其他的功能外，「長城」還是一面防風牆，保護錢氏村免受偶爾來自伽利略海的猛烈暴風襲擊。現在的氣候已經穩定，暴風不再那麼頻繁；但在一千年前，對那些剛從海洋中冒出頭的生物來說，還真是個很大的威脅。

雖然普爾早已打定主意，卻一直撥不出時間去看第谷石板——當年他出發去木星時，那還是最高機密呢。地球的重力，又讓奧都韋峽谷變得那麼遙不可及。不過他已看過太多次它們的影像，早已對它們瞭若指掌。（他常常想，又有多少人非常瞭解自己的手掌呢？）除了尺寸天差地遠外，還真是難以區分TMA0、TMA1與「長城」（或者說，里奧諾夫號在木星軌道上遇見的「老大哥」）之間的不同。

根據某些瘋狂到近乎真實的理論所云，其實石板只有一個原型，而其他的不論大小，不過是它的投射或影像罷了。普爾注意到長城黝黑高聳而無瑕的表面，不禁想起這些論點。待在如此惡劣的環境中這麼多世紀，表面上總該有些斑點刮痕吧！但它看起來那麼光潔，好像剛被一隊擦窗大軍仔細擦拭過。

然後他想起，每位去看TMA0和TMA1的人，都會有一股無法抗拒的衝動，想摸摸那看來光潔無瑕的表面，但沒有人成功過。手指也好，金剛鑽頭、雷射刀也罷——統統斜掠過石板，仿如石板表面覆有一層不能穿透的薄膜。或者說，好像是（這又是另一個熱門的理論了）它們並非真正處於這個宇宙，而是和這個宇宙之間相隔著完全無法通過的幾分之一公釐距離。

他沿著「長城」從容不迫地繞了一圈，長城卻完全不為所動。然後他把太空梭（仍然保持手動，免得木衛三控制中心又想「拯救」他）駛近錢氏村的外圍，盤旋其上以便尋找最好的地點降落。

透過遊隼號小小全景窗看出去的景致，對他再熟悉不過了！他在木衛三上常檢視這些紀錄，但沒想到有天可以親眼目睹。看來歐星人完全沒有城鄉規劃的概念：在約一公里見方的範圍內，四下散布著數百個半球型結構體。有些好小，就算人類小孩待在裡面都嫌擠；雖然也有些大到裝得下整個家族，但統統不超過五公尺高。

它們都由同一種材料製成，在雙重日光下，閃著白慘慘的光芒。地球上，面對既寒冷又缺乏物質的環境挑戰，愛斯基摩人也找到了相同的解決之道。換句話說，錢氏村裡的小屋，也都是用冰搭成的。

取代街道的是運河，這對那些仍然未脫離水陸兩棲、還會跑回水裡睡覺的生物來說，真是再適合也不過了。此外，大家也相信，牠們還回去進食和交配，不過兩種假說都尚未獲得證實。

錢氏村享有「冰上威尼斯」的聲譽，普爾不得不同意，這還真是個妥貼的描寫。然而目光所及，卻沒有任何威尼斯市民，這個地方看來似乎已被遺棄多年。

還有一件神秘的事：儘管太陽比遙遠的太陽明亮五十倍，而且一直固定在天上，衛二人似乎仍被古老的日夜節律鎖死了。牠們在日落時回到海裡，然後隨著太陽升起冒出來——雖說亮度其實並沒有多大的改變。說不定在地球上也有類似的情節；在那兒，微弱的月亮和明亮得多的太陽，對動物的生命周期有同樣的控制力。

再過一個小時就日出了，那時，錢氏村的居民將回到陸地，進行牠們慢吞吞的活動——依照人類標準，牠們當然是夠慢了。驅動歐星人的硫基生化反應，效率比不上為地球絕大多數動物提供動力的氧化反應。即使是樹懶都能輕輕鬆鬆跑贏歐星人，所以很難說牠們有潛在的危險性。這是「好消息」；「壞消息」則是：即使雙方都有誠意，試圖溝通的過程也將非常緩慢——說不定還會冗長到令人無法忍受。

普爾判斷，該是回報木衛三控制中心的時候了。他們一定非常緊張，而且他也納悶，不知他的同謀錢德勒船長應付得怎麼樣。

「遊隼號呼叫木衛三。毫無疑問，你們看得到我已經——呃，被帶到錢氏村上空，對方似乎沒有敵意。這裡目前是『太陽夜』，歐星人都還待在水裡。我一旦降落，會再呼叫你們。」

普爾讓遊隼號像片雪花般輕輕降落在一塊平坦的冰面上，他相信迪姆一定會以他為榮。他並沒有利用遊隼號的穩定性取巧，而是用慣性引擎抵銷了太空梭絕大部分的重量——希望正好夠重，免得它不小心被風吹走了。

他已經在木衛二上了，是千年以來第一人。當老鷹號著陸月球時，不知阿姆斯壯和艾德林是否也有這種飄飄然的感覺？也許他們登月小艇既原始又不聰明的系統，讓他們忙得不可開交吧。

遊隼號當然都是自動的。小小的駕駛艙裡現在非常安靜，只有不可避免、也是令人心安的電子儀器運轉順暢的沙沙聲。當錢德勒的聲音（顯然事先錄好）打斷了普爾的思緒之際，給了普爾相當大的震撼。

「你成功了！恭喜你！如你所知，我們將於下下周返回柯伊伯帶，但你應該有足夠的時間。

「五天後，遊隼號知道自己該怎麼做。有你或沒有你都一樣，它會自己找路回家。所以祝好運嘍！」

普琳柯小姐

啟動加密程式

儲存

嗨，迪姆，多謝那則令人振奮的訊息！用這程式讓我覺得好蠢，好像間諜肥皂劇裡的特務。在我出生前，那些肥皂劇可熱門了；話說回來，它多少有些隱密性，可能會有用。希望普琳柯小姐下載得夠完整……當然啦，普小姐，我只是開玩笑！

對了，我不斷接到太陽系裡各新聞媒體一大堆問題，可不可以幫我擋一下？不然轉給泰德博士也成，他會樂於與他們周旋……

既然木衛三一直監看我，我就不浪費唇舌告訴你我看到些什麼了。如果一切順利，幾分鐘內我們就會有所行動。歐星人浮出水面時，會發現我早就安安穩穩地坐在這兒，等著迎接牠們。到時就知道，這到底是不是個好主意……

不管發生什麼事，一千年前張博士和他的夥伴降落在這裡時所受到的震撼，是不會發生在我身上的！離開木衛三前，我又重新聽了一次他那著名的遺言。我得承認，它讓我有種陰森森的感覺——沒法不去想，不知那樣的事有沒有可能再度發生……我可不願像可憐的張博士那樣子永垂不朽……

當然啦，如果出了岔子，我隨時可以升空……我剛才又有一個有趣的想法……不知道衛二人有沒有歷史——任何形式的紀錄……關於一千年以前，發生在離此不遠處的事件？

第二十七章　冰與真空

「這是張博士，自木衛二呼叫，希望你們聽得到，尤其是佛洛依德博士——我知道你在里奧諾夫號上面……我的時間可能不多了……我把太空衣上的天線朝向我認為你所在的位置……請將我的訊息轉送地球。

「錢學森號在三個小時前被摧毀，我是唯一的生還者。利用太空衣上的無線電——不曉得射程夠不夠遠，但這是唯一的機會。請注意聽……

「木衛二上面有生命。重複：木衛二上面有生命……

「我們平安降落。檢查所有的系統，並拉出水管，立刻開始把水汲入推進槽……以免我們必須匆忙離開。

「一切依照計畫進行……順利得令人不敢相信。李博士和我出去檢查水管絕緣層時，水槽已經半滿。錢學森號停在——當時停在離『大運河』三十公尺左右遠。水管直接從太空船上伸出來，往下穿過冰層。冰非常薄，走在上面不安全。

「木星那時如一彎新月。我們有五瓩的照明，成串掛在太空船上，看起來像耶誕樹——好美，冰上還有倒影……

「是李博士先看到的——從深處浮起一大團深色物體。起先我們以為是一大群魚，但實在太大了，不可能是單一生物體——然後牠開始突破冰層，並朝我們前進。

「牠看起來像一大叢濕淋淋的海草，沿著地面爬行。李博士跑回太空船去拿相機，我留下來繼續觀察，並透過無線電回報。那個東西移動得很慢，我可以輕易逃開。我的興奮大過警覺，還自以為知道牠是什麼生物——我看過加州外海的海帶林照片——我真是大錯特錯。

「……我看得出牠現在有麻煩。這裡低於牠正常環境的溫度一百五十度，牠不可能存活。牠一邊移動，一邊被凍得硬梆梆的——像玻璃般一塊塊碎裂——但牠還是持續朝太空船前進，像一陣黑色的潮水，移動得愈來愈慢。

「我仍然非常驚訝，沒辦法好好思考，也無法想像牠究竟想做什麼。就算朝著錢學森號前進，牠看起來還是完全不具威脅性，像——嗯，一小片在移動的森林。我還記得自己在微笑，因為牠令我想起莎劇馬克白中的柏南森林……

「然後，我才突然意識到危險。雖然牠一點惡意也沒有——但牠很重——就算是在這麼低的重力下，牠身上的那些冰一定也有好幾噸。牠正緩慢地、痛苦地爬上我們的起落架……架子開始變形，全是慢動作，好像在夢裡——或者說，在惡夢裡……

「一直到太空船開始傾斜，我才瞭解那東西究竟想幹什麼，但為時已晚。我們本來可以救自己一命的——只要把燈關掉就成了！

「也許牠是向光性的，由透過冰層的陽光，驅動牠的生物周期。也可能牠就像飛蛾撲火一般被吸引過去。我們的聚光燈，一定比木衛二上任何東西都要明亮，即使太陽也比不過……

「然後太空船就垮了。我看見船身裂開，水氣凝結形成一團雪花。所有的燈都滅了，只剩下一盞，在一條離地面幾公尺的電纜上來回擺盪。

「我不知道緊接著又發生了什麼，我所能記得的下一件事，是自己站在燈的下面、在船骸的旁邊，新形成的雪花像細緻的粉末般籠罩著我。我可以看到自己的足跡非常清楚地印在上面。我一定是跑過來的，也許才剛剛過了一兩分鐘而已……

「那棵植物——我還是把牠想成植物，一動也不動。不知是否被撞傷了；粗如人臂的大塊碎片，像樹枝般裂開。

「然後，主體再度動了起來。牠抽離船身，開始向我爬來。那時我終於確定這東西是感光的。我就站在這盞一瓩的燈正下方，燈已不再晃動。

「想像一棵橡樹——說是榕樹更像，牠有無數的枝條——因為重力的關係而癱在地上，還掙扎著在地上爬動。牠挪到距燈光不到五公尺處，然後開始解散，直到形成一個圍著我的正圓形。想必是牠所能忍受的極限吧——此時，光的吸引力變成排斥力。

「之後好幾分鐘的時間，牠一點動靜也沒有。不知是不是死了——終於凍僵了。

「然後我看到許多枝條上生出大朵的芽苞，好像在看慢拍快放的花開影片——我認為那些是人頭般大的花。

「色彩妍麗的細緻薄膜開始綻放了，即使在那種時刻，我還是想著沒有人——沒有任何『東西』曾經好好看過這些色彩，直到我們把光——我們那些要命的光啊——帶到這個世界。

「那東西不知是捲鬚抑或雄蕊，正孱弱地擺動著……我走到那堵圍著我的活牆壁前面，才能看清楚到底發生了什麼事。從頭到尾，我一點都不覺得這生物可怕。我很確定牠沒有惡意——如果牠真有意識。

「有許多朵花，各在不同的綻放階段。這會兒牠們讓我想起蝴蝶，剛剛羽化的蝴蝶——翅膀皺巴巴，依然脆弱——我愈來愈接近真相了。

「但牠們凍僵了！才成形便死去。然後，一隻接著一隻從母體的芽苞上飄落。牠們像擱淺在陸地上的魚一般亂跳一陣——而我終於瞭解牠們究竟是什麼了。那些薄膜並非花瓣——而是鰭，或者相似的什麼東西。是這個生物的泳行幼蟲。也許牠一輩子大部分的時間裡都附著在海床上，然後送出這些可以移動的後代，去尋找新的地盤，就像地球海洋中的珊瑚一樣。

「我跪下仔細看其中一個小生物。絢麗的色彩現在已漸漸消褪，變成了無生氣的棕色。有些瓣狀鰭已經折斷了，一結凍就變成脆脆的碎片。但牠仍在蠕動，我接近的時候，還想躲開我。我不知牠如何覺察我的存在。

「接著我注意到那些『雄蕊』——我所謂的雄蕊——在末端都有著藍色的亮點。看起來像袖珍的星形藍寶石，也像扇貝的那串藍眼睛，能感知光線，卻無法形成真正的影像。在我觀察時，生氣勃勃的藍色消褪了，寶石成了黯淡、普通的石頭……

「佛洛依德博士、或隨便哪個在聽的人，我沒多少時間了；維生系統的警報剛剛響起，不過我快說完了。

「那時我才知道該怎麼做。掛著瓩燈泡的那條電纜幾乎垂到地面，我拉了幾下，燈泡便在一陣火花中熄滅。

「不曉得是不是太遲了，頭幾分鐘，什麼事也沒有發生。所以我走到那堵圍著我的糾結樹牆旁邊，踢了牠一腳。

「慢慢地，這生物自行解散，開始往運河退去。我跟著牠一直到河邊，牠一慢下來，我就再踢幾腳以示鼓勵，我可以感覺到腳下的冰被碾碎……漸漸接近運河，牠似乎也重拾了力氣和能量，彷彿知道已經接近自己的老家。不知牠能否存活下去，再度發芽開花。

「牠穿過冰面消失了，在異星的大地上只留下幾隻剛死的幼蟲。暴露出來的水面冒了幾分鐘的泡泡，最後又結起保護的冰痂，便與真空隔離了。然後我走回太空船，看看有沒有什麼可以搶救——我不想提這件事。

「我只有兩個要求，博士。我希望分類學家能用我的名字為這種生物命名。

「還有，當下一艘太空船回地球的時候，請他們把我的骨骸帶回中國。

「幾分鐘之內，我就要失去動力了——真希望知道到底有沒有人收到我的訊息。反正，我會盡可能一遍遍重複……

「這是張教授在木衛二上，報告錢學森號太空船摧毀的經過。我們在大運河邊著陸，並在冰緣架設幫浦——」

第二十八章 小黎明

普琳柯小姐
記錄

太陽出來了！好奇怪——在這慢慢轉動的世界，太陽看起來升得好快！當然當然——太陽太小了，所以馬上就整個跳出地平線……不過它對整個亮度沒有什麼影響——如果不朝那方向看，根本不會注意到天上還有這一個太陽。

不過我希望歐星人注意到了。「小黎明」之後，通常要不了五分鐘，牠們就會開始上岸。不曉得牠們是不是已經知道我在這兒了，還是有點怕……

不——也有可能正好相反。說不定牠們很好奇，甚至急著要去看看是什麼奇怪的訪客來到錢氏村……我倒希望如此……

牠們來了！希望你們的間諜衛星在監看——遊隼號的攝影機正在錄影……

牠們動作真慢！和牠們溝通恐怕會非常無聊……就算牠們想跟我說話……

牠們看起來挺像壓扁錢學森號太空船的那個東西，不過小多了……讓我想起用五、六根細長的樹枝走路的小樹，有幾百根樹枝，分岔、分岔……再分岔。就像我們大多數的全能機器人……我們花了多久時間才了解到，發展人形機器人真是件可笑的蠢事；最好的行走方法，就是利用許多小小的「自動腳」！每次我們發明了什麼自以為聰明的東西，總會發現大自然老早就想到了……

那些小傢伙好可愛，好像在移動的小樹叢。不曉得牠們怎麼繁殖——出芽生殖嗎？我沒發現牠們原來這麼漂亮，幾乎就和熱帶魚一樣色彩鮮艷——說不定是為了同樣的理由……吸引異性，或者偽裝成別的東西唬過天敵……

我有沒有說牠們像小樹叢？就說玫瑰叢吧——牠們真的有刺呢！應該有個好理由吧……

我好失望，牠們一副沒注意到我的樣子。牠們都朝著村子前進，好像有太空船來訪是每日例行活動似的……只有幾隻留下來。說不定這招有用……我猜想牠們能偵測到聲音的震動——大部分的海洋生物都可以——不過這裡的大氣層可能太稀薄了，無法把我的聲音帶得太遠……

遊隼號——艙外揚聲器……

嗨，聽得到嗎？我叫法蘭克．普爾……嗯哼……我是代表全體人類的和平使者……

讓我覺得相當愚蠢，但是，你們有更好的建議嗎？這樣也好有個交代……

根本沒有人注意我，大大小小都朝著牠們的小屋爬回去。等牠們到了那裡，不知道會做什麼？說不定我應該跟去看看。我確定會很安全——我的動作快得多嘍——

我剛有個好玩的想法。這些生物統統朝同一個方向前進——好像電子學發展完備之前，在住家和辦公室之間一天兩次通勤往返的人潮。

我們再試試看吧，免得等下牠們跑光了……

大家好！我是法蘭克．普爾，是來自地球那顆行星的訪客，有人聽到我說話嗎？

我聽到了，法蘭克。我是大衛。

第二十九章　機器裡的鬼魂

法蘭克·普爾先是驚訝無比，隨後感到排山倒海般的喜悅。他從未真的相信能達成任何接觸，不管是和歐星人或是和石板。事實上他甚至還幻想過，自己挫折地踢著那高聳黝黑的長城，生氣地大吼：「到底有沒有人在家呀？」

但他也不該那麼詫異，一定有某個智慧生命監測著來自木衛三的他，並同意他降落。當初他應該對泰德·可汗說的話更認真一點。

「大衛，」他慢慢地說：「真的是你嗎？」

除了他還有誰？他心中有個聲音自問。但那倒也不是個蠢問題，因為來自遊隼號控制板小揚聲器的聲音，帶著詭異，或說不自然的機械腔。

「沒錯，法蘭克。是我，大衛。」

略停了一下，然後同一個聲音，語調沒有任何改變，繼續說道：

「嗨，法蘭克，我是哈兒。」

普琳柯小姐

記錄

嗯，茵卓、迪姆，真慶幸我把那些都記錄下來了，不然你們一定不相信我……

我猜自己還沒從震驚中恢復。首先，對一個試圖──也確實動了手──殺掉我的傢伙，即使是一千年前，我該有何種感受！但我現在瞭解了，不該責怪哈兒、不該責怪任何人。有句忠告是我常覺得有幫助的：「袖手旁觀並不代表不安好心。」我總不能對一群不認識的程式設計師生氣，何況他們都死了好幾個世紀了。

真慶幸這是加密的檔案，因為我不知道該怎麼處理這件事，而且接下來許多我要告訴你們的事，到頭來可能會變成百分之百的廢話。我已經受不了資訊超載了，得叫大衛暫時別理我──在我歷盡千辛萬苦來找他之後！但我不覺得傷了他的感情，我連他還有沒有感情都不確定……

他是什麼東西呢？問得好！嗯，他是大衛．鮑曼沒錯，但剝除了大部分的人性。像──呃──像書籍或科技論文的大綱。你們也知道，摘要可以提供基本資訊，卻不能提供任何有關作者人格特質的線索。但還是有些時候，我覺得老大衛的某些部分仍然存在。我不會把話說得很滿，自認為他很高興再見到我——說是不痛不癢還比較接近……對我自個兒來說，我還是很迷惑。像與久別的老友重逢，卻發覺他已經變了一個人。唉，已經一千年了——我也無法想像他有些怎樣的經歷，不過就像我現在要讓你們看的，他正試著要把其中一部分與我分享。

而哈兒——他也在這裡，這點毫無疑問。泰半時間裡，我無法區分到底是誰在和我說話。在醫學上不是也有雙重人格的例子嗎？說不定就是那樣的情形吧。

我也問了他，這是怎麼發生在他倆身上的，而他——他們——該死，就叫哈曼吧！哈曼也試著解釋。我要再次聲明：我可能不完全正確，但這是我心裡唯一說得通的解釋。

當然啦，有著多重面貌的石板是把鑰匙——不對，這樣講不對。不是有人說過它是「宇宙的瑞士刀」嗎？現在還有這種東西，我注意到了，雖然瑞士已經消失好幾個世紀了。它是個全能裝置，可以做任何想做的事，或者被設定去做的事……

當年在非洲，三百萬年前，它在咱們的演化上補踢了一腳，也不知是好是壞。然後它在月球上的小兄弟，就等著我們從搖籃裡爬出來。我們早就猜到，而大衛也證實了。

我說過他沒有多少人類感情，但他仍保有好奇心——他想學習。他碰到的是個多好的機會啊！

木星石板吸收他的時候——想不出更好的形容詞了，它的收穫超過預期。雖然它利用他——顯然拿來當標本，也是調查地球的探測器——他也一樣在利用它。透過哈兒的協助——誰又能比超級電腦更瞭解超級電腦呢？——鮑曼探索它的記憶，並試圖找出它的目的。

接下來是件令人難以置信的事。石板是部威力強大的機器——看它對木星幹了什麼好事！——但僅此而已。它自動運轉，沒有意識。記得有次我在想，或許我會踢「長城」一腳，咆哮道：「到底有沒有人在家呀？」而標準答案是：除了大衛和哈兒，沒有別人了……

更糟的是，它的某些系統已經不行了。大衛甚至認為，基本上來說它變笨了！或許它已經太久沒人照顧，該是維修的時候了。

而他相信，石板至少判斷錯誤一次。這樣說可能不對——說不定它是慎重、仔細考慮過的。

不管怎麼樣，它——唉，真的很可怕，而它的後台更恐怖。幸好，我能讓你們看到這一點，所以你們能自行決定。是的，縱使這是發生在一千年前，里奧諾夫號進行第二次木星任務的時候！而這麼長的時間裡，從沒有人猜到……

我真的很高興你們替我裝了腦帽。當然它是件無價之寶——實在不能想像沒它的日子要怎麼過——但現在它正處理著超越原始設計的工作，而它表現得可圈可點。

哈曼大概花了十分鐘才弄清楚腦帽如何運作，並設好介面。現在我們是心智對心智的接觸——對我來說壓力很大，我可以告訴你。我得不斷叫他們慢下來，用幼稚的語句，或者說是幼稚的思緒……

我不確定這能傳輸得多完整，這是大衛個人的經驗紀錄，已經有一千年歷史了，不知如何儲存在石板龐大的記憶中，再被大衛抓到，並灌輸進我的腦帽——別問我怎麼辦到的——最後利用木衛三控制中心轉送並傳給你們。希望你們下載的時候別頭痛才好。

現在回到二十一世紀早期，大衛．鮑曼在木星上……

第三十章　泡沫風光

百萬公里長的磁力觸鬚、無線電波的突然爆炸、比地球還要大的帶電離子體、還有替整顆行星覆上絢麗光輝的雲朵，對他來說都同樣真實且清晰可見。他能瞭解它們之間複雜的互動模式，也心領神會木星其實遠比眾人所揣測的更加美妙。

當他墜落過「大紅斑」的暴風眼，這片寬如大陸的雷雨區中，無數的閃電在他身邊爆炸；縱使大紅斑的成分是比地球的颶風稀薄多了的氣體，他也「知道」為何它能持續數世紀。當他沉入較平靜的深處時，氫風微弱的尖嘯也漸趨無聲，一陣白茫茫的雪花自高處飄落，有些已融入碳氫化合物泡沫所形成的、不可思議的山巒中。這裡已經夠暖和，可以容許液態水存在，卻未曾出現過海洋；因為這純粹的氣體環境，稀薄到無法支撐水分。

他穿過層層雲朵，直到進入一片清晰區域，那兒能見度之高，連人類的眼力都能看到一千公里之外。那不過是大紅斑這巨大漩渦中的一個小氣旋，它保護著一個秘密，人類雖然猜測已久，卻未能證實。

沿著漂流的泡沫山巒游移的，是無數嬌小卻線條分明的雲朵，大小都差不多，並鑲有相似的紅、棕夾雜斑點。在與行星尺度的周遭環境相比時，它們才顯得嬌小；事實上，即使是最小的也足以掩蔽一座中型城市。

那些顯然是生物，因為牠們正從容地沿著泡沫山巒的側面緩緩移動，把那些斜坡啃得精光，彷如巨大的羊隻。牠們也會以數米波段呼叫彼此，襯著木星發出的劈啪聲及震盪，那些電波語言顯得微弱卻清晰。

簡直就是活生生的氣囊，在酷寒巔峰與炙熱深淵間的狹窄區域中漂浮著。狹窄，沒錯——卻是一片比地球任何生物圈都龐大的領域。

牠們並不孤獨。穿梭於牠們之間的，是其他小得多、讓人容易忽略的生物。其中有一些，和地球的飛行器有著幾乎不可思議的相似外形，大小也差不多。那些同樣也是生物——可能是掠食者，可能是寄生者，甚至可能是放牧者。

如他在木衛二上瞥見的外星異類，在他面前展開的是演化史上全新的一章。有著噴射推進的魚雷，就像是地球海洋裡的烏賊，正在獵捕並吞食著巨大氣囊；但氣囊也並非毫無防衛能力，有些會用雷電霹靂和鏈鋸般長達數公里的有爪觸鬚反擊。

還有更奇怪的形狀，幾乎開發了幾何學上所有的可能性：奇怪的、半透明的風箏，四面體、球體、多面體、糾纏不清的絲帶……木星大氣層中的巨大浮游生物，就像是為了飄浮，有如上升氣流中的蛛絲，直到能夠留下後代。然後牠們會被掃入深處，被新的一代碳化、回收。

他在一個比地球表面大上百倍的世界中尋覓，雖然看見了許多奇妙事物，卻沒有任何智慧的跡象。大氣囊的電波語言僅僅傳達著簡單的警告或恐懼。即使是獵者、那些或許能發展出較高級組織的生物，也像地球海洋中的鯊魚般，只是沒有心智的機器人。

儘管有著令人咋舌的尺寸與奇景，木星的生物圈仍是個脆弱的世界。除了霧氣與泡沫之外，那兒還有一些脆弱的絲線及薄如紙的組織，只有少數的結構比肥皂泡堅韌；即使是地球上最軟弱的食肉動物，也可以輕易撕裂那兒最恐怖的掠食者。

就像木衛二的放大版，木星是演化的死胡同。意識永遠不會在這兒出現；即使真的出現了，也會活得很痛苦。或許這兒可以發展出純粹的空氣文明，但在一個不可能有火，且幾乎不存有固體的世界裡，它連石器時代都到不了。

第三十一章　溫床

普琳柯小姐
記錄

嗯，茵卓、迪姆——希望傳得很完整。我還是難以置信，所有那些奇妙的生物——我們早該接收到牠們的無線電話語了，就算我們不懂！——全在瞬間被消滅，以便把木星變成太陽。

我們現在知道原因了，那是為了要給歐星人一個機會。多無情的邏輯！難道智慧真的是唯一嗎？我可以預見和泰德．可汗就此主題大打舌戰——

下個問題是：歐星人及格了嗎？還是牠們會永遠困在幼稚園——不，在托兒所裡？雖說一千年是段短時間，總該有些進步才對。但根據大衛的說法，歐星人現在就和剛從水裡出來時同一副德行。仍有一隻腳——或者說一根樹枝！——留在水裡，也許這就是癥結所在吧。

還有件事是我們徹底弄錯的，我們以為牠們跑回水裡睡覺，正好相反——牠們是回去進食，上岸以後才睡覺！我們也可以從牠們的構造——那些樹枝網，推測出牠們捕食浮游生物……

我問大衛：「那些小屋呢？難道不是科技上的進展嗎？」他說不盡然——那不過是把原本蓋在海床上的建物加以改良罷了，用來抵禦各種掠食者，尤其某種長得像飛毯，大得像足球場的……

不過，牠們倒在一個領域表現出主動性、甚至原創力。歐星人對金屬著迷，想必是因為牠們的海洋中，金屬並不以純物質形式存在。那是錢學森號被扒光的原因，偶爾掉進牠們領域的探測器也有同樣下場。

牠們拿蒐集到的銅啊、鈹啊、鈦啊幹什麼？恐怕沒什麼用。金屬統統被堆在一個地方，經年累月的成績相當可觀。牠們可能漸漸發展出美感——我在「現代藝術館」還看過更爛的……不過我有另外一個理論——聽過「航機崇拜」沒有？在二十世紀，少數仍然存在的原始部族會用竹子仿造飛機，希望藉此吸引那些在空中飛翔、偶爾帶給他們美妙禮物的大鳥。或歐星二人也有這種想法吧。

至於你一直問我的問題……大衛是什麼？而他——還有哈兒，又怎麼會變成現在這副德行？

最簡單的答案，他們當然都是石板巨大記憶中擬態——模擬出來的。他們泰半的時候都呈休眠狀態；當我向大衛問起這件事的時候，他說自從一千年前的——呃，蛻變之後，自己總共才被「喚醒」了五十年——他是這麼說的。

我問他是否憎恨被奪走生命。他說：「我有什麼好恨的？我的功能好得很。」對，口氣就跟哈兒一個調調！但我相信那是大衛——如果現在兩者還有區別的話。

記得那個「瑞士刀」比喻嗎？哈曼就是這把宇宙瑞士刀眾多零件的其中一個。

但他也不是完全被動的工具，當他醒著的時候，也有些自主權，一些獨立性——想必也在石板主宰預設的限制中吧。數世紀以來，他被當成某種智慧探測器去觀測木星——如你們方才所見——以及木衛三和地球。這就證實了佛羅里達那些神秘事件，包括大衛昔日女友的目擊；還有他母親臨終前護士見到的……還有狼神市的接觸。

這也解釋了別的神秘事件。我直截了當地問他：「為什麼我得以降落在木衛二上？幾世紀以來別人不是都被趕跑了嗎？我都作好心裡準備了。」

答案真是簡單得可笑。石板常常利用大衛——哈曼——注意我們的行動。我被救起的經過大衛一清二楚，甚至還看了一些我在地球、還有狼神市的媒體訪問。我不得不說我有點傷心，因為他竟然沒有試著和我聯繫！不過至少在我抵達的時候他熱誠歡迎……

迪姆，在遊隼號離開以前——不管有沒有我，我還有四十八小時。我想我不需要了，現在我已經和哈曼聯繫上了，就算是從狼神市，我們也可以同樣保持聯繫……只要他高興。

而且我急著要盡快回到三大飯店去，遊隼號是艘優異的小太空船，但是水管設備可以再改進——這裡已經開始有怪味，我想洗澡想瘋了。

希望趕快見到你們——尤其是泰德．可汗。回地球以前，我們可有得聊了。

儲存

傳送

【第五篇】

終曲

第三十二章　安逸的紳士

大體上來說，這是雖有趣卻平靜無波的三十年，偶爾穿插著時間之神與命運之神帶給人類的喜悅與哀傷。最大的喜悅完全是在意料之外；事實上，在他出發去木衛三前，普爾一定會斥之為無稽。

有句成語說「小別勝新婚」，還真是大有道理。當他和茵卓．華勒斯再度見面時，發現儘管他倆常拌嘴、偶爾意見不合，但兩人卻比想像中更為親密。好事總是接二連三——包括他們共同的驕傲，棠．華勒斯和馬丁．普爾。

現在才成家已嫌太晚，更別說他已經一千歲了。而安德森教授也警告他們，傳宗接代也許不可能，甚至更糟……

「你比自己想像中還要幸運得多，」他告訴普爾：「輻射損害低得驚人。用你未受損的ＤＮＡ，我們得以完成一切必要修復。不過在做更多檢驗前，我無法保證基因的完整性。所以，好好享受人生吧！但在我說ＯＫ前，可別急著生小孩。」

那些檢驗相當費時，正如安德森擔憂的，還需要進行更多修復工作。有個很大的挫折：雖然在精卵結合後數周，他們仍容許他留在子宮裡，但那是一個根本無法存活的生命；不過後來的馬丁和棠卻很完美，有著數目正確的頭、手、腳。他們也同樣俊美慧黠，而且差點就要被那對雙親給寵壞了。在十五年之後，他們的父母雖選擇了各自獨立生活，但仍是最好的朋友。因為他們的「社會成就評估」極佳，他們一定可以獲准、甚至被鼓勵再生一個孩子，但是他們決定不要把自己驚人的好運用光。

在這段時間裡，有件悲劇為普爾的生活帶來陰影——事實上，也震撼了整個太陽系：錢德勒船長和他的全體組員都失蹤了。當時他們正在探勘的一顆彗星星核突然爆炸，哥力亞號被徹底摧毀，只能找到幾塊小碎片。這種由極低溫中的不穩定分子所引起的爆炸反應，是彗星採集這一行中眾所周知的危險，在錢德勒的職業生涯裡也遇到過好幾次。沒人知道到底是怎樣的情況，才會讓如此經驗豐富的太空人也措手不及。

普爾對錢德勒萬般思念：他在普爾的生命中，扮演著獨一無二的角色，沒有人可以取代——沒有人可以，除了大衛．鮑曼，那個與普爾分享重要冒險經歷的人。普爾和錢德勒常計畫再回到太空，也許一路飛到歐特彗星雲，那兒有著未知的神秘，與取之不盡、用之不竭的冰。但行程上的牴觸總是阻撓了他們的計畫，所以這個期待就成了永遠無法實現的夢。另一個渴望已久的目標，他則設法辦到了：不顧醫生的囑咐，他下到了地球表面，而一次已經足夠。

他旅行時搭乘的交通工具，和他自己那個時代半身癱瘓病人所使用的輪椅幾乎一模一樣。它具有動力，配著氣球製的輪胎，可以讓它駛過還算平坦的表面。藉著一組強有力的小風扇，它還可以飛起大概二十公分高。普爾很驚訝這麼原始的科技還在使用，不過把慣性控制裝置用在這麼小的尺度上，也嫌太笨重了。

當他舒舒服服地坐著飛椅下降至非洲中心的時候，普爾幾乎感覺不出體重逐漸增加，雖然他注意到呼吸變得有點困難，不過他在太空人訓練中還碰過更糟的狀況。讓他完全沒有心理準備的，是在駛出巨大、高聳入雲的非洲塔底層時，那陣襲擊他的炙熱焚風。

現在不過是早上而已，到了中午會是什麼樣子？

他才剛習慣那種酷熱，卻又被一陣氣味圍攻。無數種味道，沒有令人不快，卻都非常陌生，紛擾著要引起他的注意。他閉上眼睛，以免輸入迴路超載。

在決定再度睜開眼睛以前，他感到有個巨大、溼潤的物體輕觸他的頸背。

「跟伊莉莎白打個招呼，」嚮導說道。他是個結實的年輕小夥子，穿著傳統「偉大白人狩獵者」的服飾，看起來花俏大於實用。「她是我們的迎賓專員。」

飛椅上的普爾轉過頭去，發現自己與一隻小象神采奕奕的雙眼對個正著。

「嗨，伊莉莎白。」他軟綿綿地回應道。伊莉莎白揚起長鼻子致意，發出一種在有禮貌的社會裡不常聽到的聲音，不過普爾很確定她是出於善意。

他待在地球表面的時間，加起來還不到一小時。他一直沿著叢林邊緣前進，那兒的樹木和空中花園相比，是醜了點兒；他還遇到許多當地的動物。他的嚮導為獅子的友善而道歉，牠們都被遊客寵壞了；但是表情卻大大補償了他。這兒可是活生生、一如往昔的大自然。

在返回非洲塔前，普爾冒險離開飛椅走了幾步。他瞭解那等於讓自己的脊椎承受全身的重量，不過也沒什麼大不了的。如果不去試試看，他永遠不會原諒自己。

那還真不是個好主意，也許他應該挑比較涼快的時候嘗試才對。才走了十幾步，他就慶幸地坐回舒適的飛椅上。

「夠了。」他疲倦地說：「咱們回塔裡去吧。」

駛進電梯大廳時，他注意到一面招牌，來時因為太興奮，所以不知怎地忽略了。上面寫著：

歡迎來到非洲！

「荒野即世界原貌。」

亨利．大衛．梭羅（一八一七—一八六二）

嚮導注意到普爾興味盎然的樣子，問道：「你認識他嗎？」

這種問題普爾聽得多了，此刻他並不打算面對。

「我想我不認識。」他疲倦地回答。大門在他們身後關上，把人類最早故鄉的景物、氣息與聲音全都隔絕在外。

這番垂直的非洲歷險，滿足了他拜訪地球的心願，當他回到位於第一萬層的公寓（就算在這個民主社會中，這裡也是顯赫的高級住宅區），他也盡了最大努力忽略各種痠痛。然而，茵卓卻被他的樣子嚇到了，命令他立刻上床去。

「像安泰幽斯——的相反！」她陰沉地咕噥。

「誰？」普爾問道。妻子的博學有時讓他招架乏力，但他早就下定決心，絕不因此而自卑。

「大地之母蓋婭的兒子。赫庫力士跟他摔角，但是每次他被摔到地上，力氣馬上就恢復了。」

「誰贏了？」

「當然是赫庫力士。他把安泰幽斯舉高，老媽就不能幫他充電啦。」

「嗯，相信替我自己充電要不了多少時間。我得到一個教訓：如果再不多運動，我可能就得搬到月球重力層嘍。」

普爾的決心維持了整整一個月：每天早上他都在非洲塔中選個不同的樓層，輕鬆地健行五公里。有些樓層仍是回音蕩漾的巨大金屬沙漠，可能永遠也不會有人進駐；但其他樓層，卻在數世紀以來種種不相協調的建築風格中造景與發展。其中許多，取材自過去的時代與文化；那些暗示未來的，普爾則不屑一顧。至少他不虞無聊，他的徒步旅程中常有友善的小朋友遠遠相伴。他們通常都沒辦法跟得上他。

有一天，普爾正大步走在香榭里舍大道（挺逼真卻遊人稀少）的仿冒品上，他突然發現了一張熟悉的面孔。

「丹尼！」他叫道。

對方毫無反應，即使普爾更大聲再叫他一次，也沒有用。

現在普爾追上他了，更加確定他是丹尼，但對方卻一派困惑的模樣。

「你不記得我了嗎？」

「抱歉，」他說：「當然啦，你是普爾指揮官。不過我確定咱們以前沒見過面。」

這回輪到普爾不好意思了。

「我真笨。」他道歉後又說：「我一定認錯人了。祝你愉快。」

他很高興有這次相遇，也很欣慰知道丹尼已回到正常社會。不管他曾經犯的罪是冷血兇殺、或是圖書館的書逾期未還，他的前任雇主都不必再擔心了，檔案已經了結。雖然普爾有時會懷念年輕時樂在其中的警匪片，但他也漸漸接受了現代哲學：過度關切病態行為，本身就是一種病態。

在普琳柯小姐三代的協助之下，普爾得以重新安排生活，甚至偶爾有空可以輕鬆一下，把腦帽設定在隨機搜尋，瀏覽他感興趣的領域。除了他周遭的家人之外，他主要的興趣還是在木／太隗的衛星方面；自己是這個主題的首席專家，也是「木衛二委員會」的永久會員，倒並不是主要的原因。

在幾乎一千年前成立的這個委員會，是為了那顆神秘的衛星，為了研究我們能為它做些什麼，又該做些什麼——如果真能有所作為。這麼多世紀以來，委員會已累積了極大量的資訊，可以追溯到一九七九年航海家號飛掠之後的粗略報告，以及一九九六年「伽利略號」太空船繞軌提出的第一份詳細報告。

就像大部分的長壽組織一樣，木衛二委員會也逐漸僵化，如今也只在有新發展的時候才聚會。他們被哈曼的重現給嚇醒，還指定了一個精力旺盛的新主席，該主席的第一個動作就是推舉普爾。

雖說他只能提供一點點紀錄以外的資料，但普爾相當高興能加入這個委員會。顯然讓自己有所貢獻是他的責任，而這也提供了他原本缺乏的正式社會地位。之前他處在一度被稱為「國寶」的狀況，讓他覺得有些不好意思。過去動盪不安的年代中，人民無法想像的富裕世界，正供給他過著豪華的生活；雖然他也樂於接受，但還是覺得該證明自己的存在。

他還感受到另一種需求，甚至是他對自己都極少提及的。哈曼在他們那次奇異會面中對他說話，一晃眼已經是二十年前的事了。普爾很確定，只要哈曼高興，他大可輕輕鬆鬆地再度與自己說話。是不是他已經對與人類接觸不再感興趣了呢？希望不是那樣，不過或許這是他緘默的原因之一。

他常和泰德．可汗聯絡，泰德的活躍與尖刻一如往昔，現在還是木衛二委員會駐木衛三的代表。自從普爾回到地球之後，可汗就不斷嘗試打開和鮑曼之間的溝通管道，卻都白費力氣。他真搞不懂，他送出了一長串關於哲學與歷史的重要問題，鮑曼怎麼可能連簡短的收件確認都不回。

「難道石板讓你的朋友哈曼忙到連和我說話的時間都沒有？」他對普爾抱怨：「他到底怎麼打發時間啊？」

這是個挺合理的問題。自鮑曼處傳來的答案卻猶如青天霹靂，形式則是普通之極的視訊電話。

第三十三章　接觸

「嗨，法蘭克，我是大衛，有一件很重要的事要告訴你。我假設你此時正在非洲塔上自己的套房裡；如果你在那裡，請證明身分——說出我們軌道力學課程教官的名字。我會等六十秒，如果沒有回應，一小時後我會重試一次。」

那一分鐘幾乎不夠讓普爾從震撼中恢復。他感到既驚又喜，但隨即被另一種情緒取代。真高興又聽到鮑曼的音訊，但那句「很重要的事」卻顯然不是個好兆頭。

至少他運氣不錯，普爾告訴自己。鮑曼問的，是少數幾個他還記得的名字。他們要花上整整一周，才能適應那個蘇格蘭佬的格拉斯哥腔，誰又忘得掉他呢？不過一旦你瞭解他說的話之後，他可真是個好老師。

「格瑞格里．麥可維提博士。」

「正確，現在請將腦帽的接收器打開。下載這則訊息需要三分鐘，不要試圖監看，我用的是十比一壓縮。會在兩分鐘之後開始。」

他怎麼辦到的？普爾納悶。木／太隗現在位於五十光分之外，所以這則訊息一定在一個小時前就送出了。必定是連同一個智慧型代理程式，一起包在寫好位址的封包裡，隨著木衛二至地球的電波送出來。但這對哈曼來說定是小事一樁，石板裡顯然有許多資源可供他利用。

腦帽上的指示燈閃了起來，訊息傳過來了。

照哈曼所用的壓縮比例看來，普爾要解讀這則訊息得花上半個小時。但他只花了十分鐘，就知道自己平靜的生活已經戛然而止。

第二十四章 決斷

在這麼一個通訊無遠弗屆且毫無延遲的世界裡，要不洩密是很困難的。普爾當下便決定，這是個需要面對面討論的問題。

木衛二委員會抱怨了一陣，但所有的成員還是集合在普爾的公寓中，一共有七個人。七是個幸運數字，長久以來不斷迷惑人心，無疑是源自月球七個相位的啟示。普爾還是頭一次見到委員會其中三位成員，不過現在他對他們一清二楚，這也是他安裝腦帽前不可能做到的。

「奧康諾主席，各位委員，在你們下載這則來自木衛二的訊息前，我想先說幾句話，幾句就好，我保證！我希望能夠口頭報告，這樣我比較自然——我對直接的思想傳輸，恐怕永遠不會有安全感。

「正如各位所知，大衛．鮑曼和哈兒是以擬態的形式，被儲存在木衛二的石板中。顯然石板不會丟棄曾經有用的工具，而且常會啟動哈曼，監看我們的活動——當他們關心的時候。我覺得我的抵達引起了關注，不過也可能只是我自抬身價！

「但哈曼並非只是個被動的工具。大衛的成分仍保有某些人格、甚至情緒。因為我們曾一起受訓，甘苦與共那麼多年，顯然他覺得和我溝通比和別人溝通來得容易。我寧願相信他樂於如此，但也許這個用詞太強烈了……

「他也有好奇心，喜歡追根究柢，而且可能對自己像個野生動物標本般被蒐集的方式有點惱火吧。在製造了石板的那些智慧生物眼中，也許我們不過就是野生動物罷了。

「這些智慧生物如今何在？哈曼顯然知道答案，還是個令人毛骨悚然的答案。

「如同我們向來所猜測的，石板是某種銀河網路的一部分。最接近的節點——石板的控制者，或說頂頭上司，就在四百五十光年外。

「簡直就是兵臨城下！這意味著二十一世紀早期傳輸出去的、關於人類和人類活動的報告，已經在五百年前就接到了。如果石板的——就說『主人』吧，立刻回應的話，任何進一步的指示，差不多該在這個時候抵達。

「顯然這就是目前發生的事。過去幾天，石板接收到一連串的訊息，想必也依照那些訊息設定了新的程式。

「不幸的是，哈曼對那些指示的本質只能猜測。你們下載這光片後就會瞭解，他多少能夠使用石板的迴路和記憶庫，甚至還能和它進行某種對話。這樣講不知對不對，因為要兩個人才能叫對話！我一直不能體會，擁有那些力量的石板竟然沒有意識，甚至不知道自己的存在！

「這個問題哈曼已經斷斷續續沉思了一千年，而他得到的答案和我們大部分的人得到的一樣。但他的結論應該更有分量，因為他有內線消息。

「抱歉！我不是故意要開玩笑，但是你又能叫它什麼呢？

「不管是什麼東西不厭其煩地製造了我們，或者是對我們祖先的心智和基因動了手腳，它正在決定下一步動作，而哈曼很悲觀。不對，這樣說言過其實，應該說他覺得我們機會不大。但他現在是觀察者，太抽離了，不會無緣無故擔心人類的未來、擔心人類的存亡絕續！那對他來說不過是個有趣的問題，但他願意協助我們。」

出乎這些專注的聽眾意料之外，普爾突然停了一下。

「真奇怪。我剛想起一件令人訝異的往事……我想那應該能解釋現在發生的事。請再耐心聽我說……

「有天我和大衛沿著甘迺迪角的海岸散步，就在發射前幾周。我們看到沙地上躺著一隻甲蟲，這很常見。甲蟲六腳朝天，正努力掙扎想要翻過身來。

「我沒理牠——我們正在討論複雜的技術問題，大衛則不然。他站到一邊去，用腳小心地幫牠翻身。牠飛走後我評論道：『你確定這樣做好嗎？這下牠可以飛去大啖某人的名貴菊花了。』而他說：『可能吧，但我希望給牠一個證明自己清白的機會。』

「很抱歉，我保證過只說幾句話的！不過我很高興自己還記得這個小插曲，相信這有助於正確解讀哈曼傳來的訊息。他要給人類一個證明自己清白的機會⋯⋯

「現在請各位檢查腦帽。這是一則高密度的紀錄——在紫外波段的頂端，一百一十號頻道。請放輕鬆，但要確定使用視覺連線。開始了⋯⋯」

第三十五章　軍情會議

沒有人要求重新下載，一次已經足夠了。

下載結束以後出現了短暫的緘默。主席奧康諾博士取下腦帽，按摩著她光亮的頭皮，慢慢說道：

「你教過我一句你那個時代的成語，看來非常適合現在的狀況。這是個『燙手山芋』。」

「但卻是鮑曼——哈曼丟過來的。」其中一位成員說：「他真的瞭解像石板那麼複雜的東西如何運作嗎？還是這整個情節都是他想像出來的？」

「我不認為他有多少想像力。」奧康諾博士回答：「一切都吻合，尤其是關於天蠍新星的部分。我們原本假設那是意外，但顯然是個——判決。」

「先是木星，現在又是天蠍新星。」克勞斯曼博士說。他是著名的物理學家，公認是傳奇人物愛因斯坦再世。不過也有人謠傳，小小的整型手術讓他看來更唯妙唯肖。「下次會輪到誰？」

「我們一直猜想，」主席說道：「那些石板在監視我們。」她暫停了一會兒，接著難過地補充道：「我們的運氣真是糟——簡直是糟糕透頂，結果報告竟然就在人類歷史上最壞的時期發出去！」

又是一陣靜默。大家都知道，二十世紀通常被稱為「悲慘世紀」。

普爾靜靜聽著，並未開口，他等著大家產生共識。這個委員會的素質讓他肅然起敬，已經不是第一次了。沒有人要證明自己心愛的理論、或批評別人的論點、或自我膨脹。在他那個時代，航太總署那些工程師和管理階層、國會議員，還有工業領袖之間氣氛火爆的爭論，讓他忍不住要拿來比較一番。

是啊，人類毫無疑問是進步了。腦帽不只協助去蕪存菁，也大大提高了教育的效率。但有得必有失，這個社會上令人難忘的人物很少。當下他只能想到四個：茵卓、錢德勒船長、可汗博士和他惆悵回憶中的龍女。

主席讓大家心平氣和地來回討論，直到每個人都發言過了，她才開始總結。

「很明顯的第一個問題是：我們對這個威脅應該認真到什麼程度？根本不值得浪費時間。就算是虛驚或者誤會一場，它的潛在危險性也太高了，我們非得假定是真的不可，除非我們有絕對的證據證明正好相反。同意嗎？

「很好，而且我們也不知道自己還有多少時間。所以我們得假設這個危機迫在眉睫。或許哈曼可以給我們更進一步的警告，但到那個時候可能已經太遲了。

「所以我們唯一得決定的事就是：我們如何保護自己，抵禦像石板這麼威力強大的東西？看看木星的下場！顯然還有天蠍新星……

「我確定蠻力是沒有用的，不過我們也應該探討那方面的可行性。克勞斯曼博士——製造一顆超級炸彈要花多久時間？」

「假設所有設計都還『保存』著，不必再作任何研究——喔，大概兩個星期吧。熱核武器挺簡單的，用的都是普通材料——畢竟，它在第二千禧年就已經製造出來了！可是如果你要比較高明的東西——比方說反物質炸彈或者微黑洞，嗯，那可能要花上幾個月。」

「謝謝你，請你立即著手進行好嗎？不過我也說過了，我不相信它會有用；一個能掌握那麼強大力量的東西，一定也能夠抵禦那些武器。還有沒有其他建議？」

「不能談判嗎？」一位委員沒抱多大希望地問道。

「跟什麼東西……跟誰？」克勞斯曼回答：「據我們所知，基本上石板是個純機械結構，僅僅進行被設定的事情罷了。或許那程式有些彈性，但我們無從得知。我們當然也不可能向『總部』上訴，那可遠在五百光年之外！」

普爾安靜地聽著，這些討論他幫不上忙，事實上，泰半時間他根本就是聽不懂。他開始覺得愈來愈沮喪；如果不公開這則訊息，他想，會不會比較好呢？然後，假如真是虛驚一場，反正也不會更糟糕。而如果不是……唉，無論如何在劫難逃，人類至少保有心靈的平靜。

他還在咀嚼這悲觀的想法，一句熟悉的話突然讓他豎起了耳朵。一位矮小的委員猛然丟下一句話。他的名字又長又拗口，普爾連記都記不住，更別說唸出來了。

「木馬屠城記！」

接下來是可稱之為「醞釀」的一陣緘默，跟著是一陣「我怎麼沒想到！」「對啊！」「好辦法！」的七嘴八舌。直到主席在這次會議中第一次大叫肅靜。

「謝謝你，席瑞格納納山潘達摩爾西教授。」奧康諾博士一字不差地說道。「你能不能說得更仔細些？」

「當然。倘若石板如同大家所認為的，基本上是沒有意識的機器，只具備有限的自我保護能力，那我們可能已經擁有足以打敗它的武器了，就鎖在『密室』裡。」

「載送系統就是──哈曼！」

「一點也沒錯。」

「等一下，席博士。我們對石板的構造不清楚，甚至完全一無所知，怎能確定我們這些原始人類的發明能有效對付它？」

「是不能。但你要記住，無論石板有多高明，它也得遵守和數世紀前亞里斯多德和布耳寫下的普適性邏輯定律。所以鎖在密室裡的東西可能──不，是應該！會對它有殺傷力。我們得把密室裡鎖著的東西巧妙組合，讓其中至少有一個可以作用。那是我們唯一的希望──除非有人能想到更好的主意。」

「對不起，」普爾終於失去耐性：「有沒有人可以好心告訴我，你們討論的這個著名的『密室』到底是什麼、在哪裡？」

第二十六章 萬惡毒窟

歷史上充滿了夢魘，有些是自然的、有些是人為的。

二十一世紀末，大部分自然的夢魘已經因為醫藥的進步而被消滅、或至少受到控制，包括天花、黑死病、愛滋病，還有隱匿在非洲叢林中的恐怖病毒。然而，低估大自然總是不智的，而大家也都相信，未來還會有令人不快的驚奇伺機而出。

所以，為了科學研究而保存所有恐怖疾病的少數標本，看來是明智的預防措施。當然要嚴加戒備，才不會讓它們逃出去，再度引發人類浩劫。但誰又能完全確定，這種事情沒有發生的危險？

在二十世紀末，有人建議將所知的最後幾個天花病毒，存放在美、俄的疾病控制中心，那引起了一陣挺激烈的抗議（大家完全可以理解）。不管機會多麼小，這些病毒仍有可能因為種種天災人禍而釋放出來，比方說地震、設備損壞、甚至是恐怖分子的破壞行動。

能夠讓每個人都滿意的解決之道，就是把它們運到月球（那一小群高喊「保護月球荒野！」的極端分子卻絕不會滿意），在「雨海」最顯著的地標「尖峰山」裡挖條一公里長的甬道，將之保存在甬道末端的實驗室中。這麼多年下來，那兒還不時加入一些人類濫用智慧（其實是瘋狂）的傑出案例。

那就是毒氣和毒霧，即使微量也會引起慢性或立即的死亡。有些是由宗教狂熱分子所製造（他們雖精神錯亂，卻能習得相當的科學知識）。他們之中有許多人相信，世界末日就在不久的將來（那時當然只有他們的信徒才會得救）。萬一上帝心不在焉，未曾照章行事，他們要確定自己能修正祂不幸的失誤。

這些要命的宗教狂熱分子頭一波攻擊的，是一些脆弱的目標；像是擁擠的地鐵、世界博覽會、運動會、流行音樂會……成千上萬的人因此喪命，還有更多人受了傷。直到二十一世紀初期，這些瘋狂行為才逐漸被控制。事情常像這樣，禍兮福所倚，這些事件逼得全世界的執法單位史無前例地合作。因為就連那些支持政治恐怖主義的流氓政府，也無法忍受這種隨機、完全不能預期的變種恐怖主義。

這些攻擊行動（還有早期的戰爭）所使用的化學及生物武器，都成了尖峰山要命的收藏；如果有解毒劑，也一併入列。大家都希望，人類再也不要跟這些東西有任何瓜葛；但如果真的出現迫切的需要，在高度戒備下，仍然隨時可以取用這些東西。

尖峰山儲存的第三類物品雖可歸類為瘟疫，卻從來沒有殺死或傷害任何人——頂多也只是間接。在二十世紀末以前，它們甚至不存在。但僅僅幾十年，它們就造成了數十億元損失，而且通常和有形的疾病一樣，可以有效地殘害生命。這種疾病攻擊的目標，是人類最新穎、也最多才多藝的僕人——電腦。

雖然取名自醫學辭典——病毒——它們其實是程式，只是常常模仿（有著怪異的精確性）它們的有機親戚。有些無害，不過是開玩笑，設計來嚇唬或消遣電腦操作者，方式是讓視訊顯示器出現意料之外的訊息或畫面。其他的就惡毒多了，根本就是惡意的毀滅程式。

在大部分的案例裡，目的全是為了錢；它們是武器，被高明的罪犯拿來當工具，勒索那些如今完全依賴電腦系統的銀行與商業組織。一旦受到警告；除非他們把數百萬元匯進某個不知名帳號，否則他們的資料庫會在特定時刻自動清光。大部分的受害者會不願冒任何可能萬劫不復的危險，他們默默付錢，通常（為了避免公眾甚至私下的尷尬）他們也不會通知警方。

這種可以理解的隱密需求，讓那些網路土匪很輕易地進行電子搶劫，就算被逮到了，司法體系也不知道該拿這種新奇罪行怎麼辦，只能略施薄懲——而且，畢竟他們也沒有真正傷害什麼人，不是嗎？事實上，當他們服完短暫的刑期後，依照「做賊的最會捉賊」定律，受害人還會默默雇用這些歹徒。

這種電腦罪犯純粹出於貪念，他們當然不願意摧毀他們吸血的對象。理智的寄生蟲是不會殺死寄主的。但還有更危險的社會公敵……

他們通常是心理失調的個體：清一色青春期男性，完全獨自作業，當然也絕對隱密。他們只是為了要製造出能引起災難和混亂的程式，再經由電纜和無線電全球網路、或有形載具如磁片和光碟，散布到整個地球。對於引起的混亂，他們會樂在其中，並沉醉在混亂賜予他們可憐心靈的權力感裡。

有時，這些誤入歧途的天才會被國家情治單位發掘並吸收，為的是某種秘密目的——通常是闖進敵方的資料庫。這算是挺無害的雇用方式，因為上述組織對人類世界至少還有些責任感。

那些天啟教派就不是這麼回事了，他們發現這種新兵力掌握著更有效率、比毒氣或細菌更容易散播的威力。同時這種武器也更難反擊，因為它們能在瞬間散布到數以百萬計的辦公室與住家。二〇〇五年紐約—哈瓦那銀行的崩潰，二〇〇七年印度核導彈的發射（幸好核彈頭並未引爆），二〇〇八年泛歐航空管制中心的當機，同年北美電話網的癱瘓……這些都是宗教狂熱分子對世界末日的預演。多虧了那些通常並不合作、甚至互相敵對的國家級反間機構的高明行動，這股威脅才漸漸受到控制。

至少，一般大眾相信：因為有數百年的時間，並沒有發生針對社會根基所做的攻擊行動。致勝的重要武器之一是腦帽——雖然有些人認為，所花的代價實在太大。

儘管遠在柏拉圖和亞里斯多德的時代，個人自由和國家義務的爭論就已經是老掉牙的事（說不定還可以一直吵到時間的盡頭），不過在第三千禧年，已經達成某些共識。一般都同意，共產主義是最完美的政府形式。不幸的是，根據實驗顯示（代價是幾億條人命），它只適合群居昆蟲、第二類機器人，和相似的特定物種。對不完美的人類來說，缺點最少的是民主，常被定義為「個體一律貪婪，由雖有效率卻不怎麼熱心的政府調節」。

腦帽普及之後不久，有些聰慧過人（又極熱心）的官僚瞭解到，腦帽具有成為預警系統的獨特潛力。在設定的過程中，當新使用者在心智「校準」時，可以偵測出許多尚未發展出危險性的心智異常。通常也能指示最好的治療方法，但若顯示沒有適當療法，也可以利用電子追蹤監測該使用者；或者在比較極端的案例，則是進行社會隔離。這個方法當然只能檢驗腦帽的使用者，但是到了第三千禧年末，腦帽已經變成日常生活的要件，就像個人電話剛開始時的情況一樣。事實上，那些未加入的人，都自然而然可疑，並且被當成性格異常者檢查。

不用說，當「心智刺探」（批評者這麼稱呼）開始普及之後，民權組織發出怒吼；他們最引人注意的口號之一是：「腦帽還是腦監？」但是漸漸地、甚至有點勉強地，大眾也接受這種形式的監視，乃對抗邪惡的必要預防措施。而隨著心理健康的普遍改善，宗教狂熱開始迅速衰微，這結果也絕非偶然。

對抗電腦網路罪犯的長期抗戰結束以後，勝利的一方發現自己擁有令人尷尬的戰利品，都是過去任何一位征服者完全無法理解的。當然有幾百種電腦病毒，大都難以偵測和殺死；還有些實體（沒有更好的名字了）更恐怖，它們是被巧妙發明出來的疾病，無法治癒——其中有些甚至連治癒的可能都沒有……

它們大多和偉大的數學家扯在一起，那些數學家若看到自己的發明被如此濫用，只怕會嚇得面無人色。人類個性的特色，就是會取些荒謬的名字來貶抑真正的危險性，所以這些病毒都有著頗滑稽的名字，像是布耳炸彈、杜林魚雷、哥德爾小鬼、夏農圈套、曼德布洛迷陣、康托大亂、康威之謎、組合學劇變、勞倫茲迷宮、超限陷阱……

如果真能一言以蔽之，則這些恐怖程式都是依照相同的原理運作。它們不靠那些幼稚的方法，例如抹除記憶或者損毀程式碼——正好相反，它們的方法微妙多了。它們說服寄主機器啟動一個程式，事實上該程式就算運算到了時間的盡頭都不會有結果，不然就是啟動一個無限多步驟的程式（最要命的例子即是曼德布洛迷陣）。

最常見的例子是計算π，或其他的無理數。然而，就算是最笨的電光計算機，也不會掉進這麼簡單的陷阱裡。低能機械磨損著自己的齒輪，甚至磨出粉末，想盡辦法做除以零的計算，那樣的日子早就過去了……

這些惡魔程式師挑戰的，是要說服他們的目標相信，那些任務有確定的結果，可以在有限時間內完成。在男人與機器的智慧戰爭裡，機器總是落敗的一方（女人很罕見，只有幾個典型人物，像愛達．樂夫雷斯夫人、葛瑞絲．哈波上將以及蘇珊，凱文博士）。

要用「**抹去／覆寫**」指令毀掉這些捉來的穢物並非不可能（雖然在某些案例中

是有點困難、甚至冒險），但它們代表著時間與才智的大手筆投資，所以無論是如何被誤用，丟掉似乎很可惜。更重要的是，或許應該把它們留做研究之用，存放在某個保險的地方，以免萬一哪天被壞人發現，又拿出來為非作歹。

解決之道清楚得很。這些數位惡魔理當和自己的化學與生物親戚一塊兒，封存在尖峰山的密室裡，最好能直到永遠。

第三十七章　千鈞一髮行動

這個裝配人人希望永遠用下上的武器的小組，普爾和他們向來沒有太多接觸。這次行動被命名為「千鈞一髮」，雖不吉利，卻也挺適合的；但行動的高度專業化讓他無法有任何直接貢獻。而他對整個特殊部隊也夠瞭解了，足以明白其中有些人可能幾乎屬於異星族類。事實上，其中一位重要成員顯然在瘋人院裡（普爾很訝異這樣的地方仍然存在），而奧康諾主席有時還建議，至少有兩位應該一同入院。

「你聽過『謎團計畫』嗎？」在一次特別令人沮喪的會議之後，她問普爾。

普爾搖搖頭，她接著說：「我真驚訝你竟然不知道！那不過是你出生前幾十年的事。我是在為『千鈞一髮』找資料的時候看到的，狀況很類似：是在你們那個時代的某場戰爭裡，一群傑出的科學家秘密集合在一起，要破解敵方的密碼……順帶一提，他們造出了首批真正電腦，這項工作才能完成。

「還有個可愛的故事——希望是真的，而且這個故事讓我聯想起我們的團隊。有一天首相去視察，事後他對謎團計畫的指揮官說：『我說要你別放過任何角落，沒想到你會真的照做。』」

想必為了「千鈞一髮計畫」，大家已經找遍了每個角落。然而，沒有人知道面對的期限是以天計、以周計，還是以年計，因此剛開始時難以產生急迫感。保密需求同樣製造了問題，因為實在沒有理由對整個太陽系發出警報，所以只有不到五十個人知道這計畫。但他們都是關鍵人物，可以召集所需的一切武力，還有些人可以單獨授命開啟尖峰山密室，這可是五百年來第一次。

隨著哈曼報告說石板接收訊息愈來愈密集，似乎也像是有什麼事要發生了。發現這些日子難以成眠的不是只有普爾，就算有腦帽的抗失眠程式也一樣。在他終於能睡著以前，他還常自問，不知自己還有沒有明天。但至少這武器的所有元件都裝配好了——一個看不到、摸不到的武器，對歷史上所有的戰士來說，這還是個想不到的武器。

一塊完全標準、而且是幾百萬頂腦帽天天使用的兆位元記憶光片，看來是夠無害、夠無邪了。但是，它裝在一大塊晶瑩的物質中，上面還交叉著金屬帶，在在顯示它是件異乎尋常的東西。

普爾心不甘、情不願地接下這件東西。他納悶，受命運載廣島原子彈的彈頭到發射地點——太平洋空軍基地的那位仁兄，不知是否也有一樣的感覺。然而，如果他們所有的恐懼都情有可原，他的責任可能還更大。

而他甚至不確定自己任務中的第一部分能否成功！因為沒有哪個迴路絕對安全，所以哈曼還不知道「千鈞一髮計畫」的種種，普爾會在回到木衛三的時候告訴他。

然後他就只能期盼哈曼願意扮演「屠城木馬」的角色；而且，或許還得願意在過程中被犧牲。

第三十八章　先發制人

這麼多年之後再度回到三大飯店，令人有種奇怪的感覺——真是再奇怪也不過了，因為儘管發生了這一切，這兒似乎一點也沒改變。當普爾走進以鮑曼命名的套房時，迎接他的，還是熟悉的鮑曼影像；而且如他所預期，鮑曼／哈曼正等著他，看來比鮑曼自己的古典全訊像更不實在。

他們還來不及寒暄，就出現了一個普爾原本會歡迎的不速之客——什麼時候都好，只要不是現在。房裡的視訊電話響起緊急的三連音（這點也沒變），一位老友出現在螢幕上。

「法蘭克！」泰德．可汗大叫：「你怎麼沒告訴我你要來！我們什麼時候能碰面？怎麼沒有影像？有人跟你在一起嗎？那些和你一塊兒降落的官氣十足的傢伙又是誰——」

「拜託，泰德！對，我很抱歉。相信我，我有很好的理由，待會兒再跟你解釋。

的確是有朋友跟我在一起，我會盡快回你電話，再見！」

普爾一邊補設定「請勿打擾」的指令，一邊抱歉地說：「對不起！你當然知道他是誰吧？」

「是的，可汗博士，他經常試著跟我聯繫。」

「可是你從來不理他。能否問你為什麼嗎？」雖然有更重要的事情要操心，普爾還是忍不住要提出這個問題。

「你我之間是我唯一願意維持通暢的管道。而且我也常遠行，有時一去經年。」

那挺令人意外，但也不盡然。普爾非常清楚在許多地方、許多時代，都有鮑曼的目擊報告，但是——「一去經年」？他可能去過不少星系，也許就是這樣他才知道天蠍新星的種種，那只有四十光年的距離。可是他不可能一路去到「節點」，那來回一趟就是九百年的旅程。

「我們需要你的時候你剛好在，真是幸運！」

哈曼回答前遲疑了一下，這相當不尋常，大大超出無法避免的三秒鐘延遲。他答道：「你確定是幸運嗎？」

「你是什麼意思？」

「我不想談這件事。不過有兩次，我曾瞥見——力量……實體——比石板高級得多，說不定比它們的製造者更高級。你我所擁有的自由，只怕比想像中還要少。」

那可真是令人毛骨悚然的想法。普爾得刻意屏氣凝神才能把它擺在一邊，以專注眼前的問題。

「姑且希望咱們有足夠自由意志去做需要做的事吧。這可能是個蠢問題：石板知道我們碰面嗎？它會不會——起疑？」

「它不具備這種情感。它雖有許多錯誤防護裝置，有些我也瞭解，但僅止於此。」

「它會不會偷聽？」

「我相信不會。」

真希望自己能確定它不過是這樣一個天真單純的超級天才，普爾一面想，一面打開公事包，拿出裝著光片的密封盒子。在這麼低的重力下，幾乎難以察覺光片的重量，更令人無法置信這小東西或許就掌握著人類的未來。

「我們不確信能找到絕對安全的迴路跟你聯絡，所以我們不能討論細節。我們希望這光片中的程式，能阻止石板執行任何威脅人類的指令。裡面有史上最具殺傷力的病毒，大部分沒找到解藥，有些則公認根本不可能有解藥。它們各有五個副本，一旦你覺得有必要，或時機適當時，希望你能把它們釋放出去。大衛──哈兒──從未有人承擔如此重大的責任，但我們沒有其他選擇。」

又一次，回答來得似乎比訊號往返木衛二一趟所需的三秒鐘還久。

「如果這麼做，石板的一切功能都會中止。我們不確定我們會發生什麼事。」

「我們當然也考慮到這一點。但此時此刻，一定有許多裝置能受你指揮──其中有些或許是我們無法瞭解的。我還附上另一塊千兆位元記憶的光片：十的十五次方位元，記錄幾輩子的記憶與經驗都綽綽有餘。這會給你一條退路，我想你應該還有其他的後路吧。」

「沒錯，到時候我們會決定該走哪一條。」

普爾勉強鬆了口氣──在這種非常狀況下，他實在無法完全放鬆。哈曼願意合作，顯示他和自己的根源仍有足夠的聯繫。

「現在，我們得把光片交給你──親手交給你。它的內容太過危險，不能冒險用任何電波或光波頻道傳送。我知道你擁有長距離控制物質的能力，不是有一次，你引爆了一顆洲際彈道飛彈嗎？你可以把光片轉移到木衛二上嗎？或者，我們可以派自動信差，把它送到你指定的地方。」

「那樣最好，我會在錢氏村等著。座標如下……」

鮑曼套房的監視器迎進了自地球陪伴普爾前來的代表團領隊，但普爾那時還癱在椅子上。不管瓊斯上校是不是貨真價實的上校，或者是不是真的叫瓊斯，都不過是普爾沒興趣的小事情。他是很優秀的組織者，默默且有效率地掌握著「千鈞一髮計畫」中的每個環節，而這就夠了。

「好啦，法蘭克，光片已經上路了，一小時十分後就會著陸。我猜想哈曼可以從那裡接手，但我不明白他要如何動手處理這兩片光片。說『動手』對嗎？」

「我原來也很納悶，還好後來一位木衛二委員跟我解釋。有個人盡皆知、我卻是例外的定理宣稱：每一部電腦都可以模擬其他任何一部電腦。所以我確定哈曼對自己在做什麼一清二楚，不然他絕不會同意。」

「希望你說得對。」上校回答：「如果不是──嗯，我不知我們還有什麼選擇。」

接下來是一陣憂鬱的沉默，於是普爾想盡辦法來緩和緊張的氣氛。

「對了，本地盛傳關於我們造訪的流言，你聽說了嗎？」

「你指哪一個？」

「說我們是特別考察團，被派來調查這個新邊疆城鎮的犯罪和腐化。市長和郡長現在恐怕都落荒而逃了。」

「我真羨慕他們。」瓊斯上校說：「有時，只需要煩惱這些芝麻小事還真是一種幸福。」

第三十九章 逆天行事

就像狼神市所有的居民（目前人口五六、五二一人）一樣，泰德·可汗博士在當地午夜剛過，就被緊急警報給吵醒了。他的立即反應是：「上蒼啊，該不會又是另一場冰震吧！」

他衝到窗戶旁，大叫「開窗！」聲音大到連房間都聽不懂，他只好以平常的音量再重複一次。太隗的光芒理當流瀉進來，畫出令來自地球的訪客迷惑不已的圖案，因為不管你等多久，那光線是絲毫也不會移動……

那不變的光芒已經消失了。泰德·可汗不敢置信地望出狼神市巨大的透明穹頂，看到的是木衛三睽違了千年的天空。它再次鑲滿繁星，而太隗卻消失了。

凝望著早已遺忘的星座，可汗又注意到一件更駭人的事。太隗該在的地方，是一塊全然黑暗的小圓盤，它遮蔽了一些不熟悉的星星。

只有一個可能的解釋，可汗木然地告訴自己。太隗被黑洞吞掉了，下一個可能就輪到我們。

在衛三大飯店的陽台上，普爾正看著同樣的奇景，卻懷抱著更複雜的情緒。緊急警報響起之前，為了一通來自哈曼的訊息，他的通訊秘書已經把他給吵醒了。

「開始了，我們成功感染了石板。可是其中有一個——說不定好幾個——病毒進入了我們的迴路。你給我們的記憶光片，不知道能不能用得上。如果成功了，我們會在錢氏村和你碰頭。」

接下來的話，是令人驚訝甚至感動的字句。其中包含的情感成分，只怕許多世代都還會爭論不休。

「如果我們無法備份，請記得我們……」

普爾聽到身後的房間傳來市長的聲音，市長正盡最大的努力安撫現在已經了無睡意的狼神市居民。雖然開頭用的是最恐怖的官方說法：「沒有必要驚慌」，不過市長確實有好消息。

「我們不知道發生了什麼事，但太隗明亮如昔！我重複，太隗依舊光明！我們剛接到半小時前出發前往木衛四的軌間太空梭昴六號傳來的消息，這是他們看到的景象——」

普爾從陽台衝進房裡，剛好來得及看到太隗在視訊螢幕上閃爍。

「目前所發生的，」市長上氣不接下氣地繼續說：「是某種東西引起了暫時性的星食——我們來放大看看……木衛四天文台，請傳送……」

他怎麼知道是「暫時性」的？普爾邊想邊等著下個畫面。

太隗消失了，取而代之的是一片繁星。同時，市長的聲音淡出，另一個聲音接了下去：「——幾乎用任何望遠鏡都看得到。那是個完全漆黑的圓盤，剛超過一萬公里寬，薄得看不出厚度。而它剛好——顯然是故意的——遮住了木衛三，使木衛三照不到任何光線。

「我們來放大看看能不能顯現任何細節，不過我很懷疑……」

從木衛四的觀測點看來，掩星的圓盤呈卵形，長度是寬度的兩倍。它一直擴張，直到占滿整個螢幕；之後便無法看出影像是否繼續放大，因為完全看不出它的細節。

「跟我想的一樣，沒什麼好看的，我們移到這東西的邊緣去……」

再一次，完全感覺不出鏡頭有移動的跡象，直到一片繁星突然出現，被行星般大的圓盤的微弧邊緣切出鮮明界線，就像他們正在一顆沒有空氣且完全平坦的行星上，朝地平線看過去似的。

不對，它並非完全平坦……

「有意思，」天文學家評論道。一直到現在，他的語氣還是非常平淡，彷彿這種事每天都發生。

「邊緣看來凹凸不平，但非常規則，好像鋸齒……」

一把圓形的鋸子，普爾默默低語。它是來鋸我們的嗎？別傻了……

「我們只能接近到這種程度，再下去繞射就會破壞影像——待會兒我們會處理，以便分析出細節。」

倍率如此之高，已經看不出是圓形了。橫過螢幕的是一條黑帶，呈鋸齒狀沿著邊緣的是些非常相似的三角形。普爾難以忘懷那個不祥的鋸子聯想，但還有別的事正鋸著他的心……

像木衛三上的其他人一樣，他望著遠處眾多恆星在三角形山谷間進進出出，很可能，有些人早在他想到前就下了結論。

如果你想用一些矩形做出個圓盤，不管矩形邊長是不是一比四比九，都不可能有平滑的邊緣。當然，你可以把它盡可能做得近似圓形，只要用盡可能小的矩形。

但如果不過是要造個大到可以遮蔽太陽的圓盤，又何必這麼麻煩呢？

市長說得沒錯，星食的確是暫時性的。但它的結束和日食剛好相反。

第一道光線穿破正中央而出，而不是像日食一般，自邊緣先出現「倍里珠」。破碎的光線從一個小孔中輻射出來──而現在，在最大倍率下，圓盤的結構現出原形。它是由無數個一模一樣的矩形組成，也許個個都和木衛二上的長城一樣大小。現在它們裂開了，好像巨大的拼圖被打散一般。

當圓盤碎裂，太隗的光芒自逐漸加寬的裂隙中流瀉而出，它那永恆的日光（不過剛被暫時打斷）又慢慢回到了木衛三。現在那些組成單位正在消失，彷彿它們需要彼此接觸所帶來的力量才能保持形體。

雖然對狼神市那些焦急的民眾來說，整個事件似乎持續了數小時，但其實還不到十五分鐘。等到事情結束了，才有人注意到木衛二本身。

長城不見了。過了幾乎一個小時，才收到地球、火星和月球傳來的新聞，說太陽顯然也閃爍了幾秒鐘，之後才恢復正常。

這是一次有高度選擇性的雙星食，顯然是針對人類而來。在太陽系裡其他地方，都不會有生物注意到。

因為引起一片騷動，好一陣子後大家才注意到TMA0和TMA1也都已消失，只在月球第谷和非洲留下三百萬年歷史的印記。

這還是頭一回，歐星人能夠真正面對人類。但對那些在牠們之間風馳電掣的巨大生物，牠們既不提防也不驚訝。

當然，面對這些看來像是光禿禿的小灌木、沒有明顯感官或溝通行為的生物，要解析牠們的情感狀況並不容易。但是牠們若是被昴六號的來臨、以及上面乘客的出現嚇到，牠們理當會躲在自己的冰屋裡。

保護裝和閃亮的銅線禮物對普爾的行動略有妨礙，他一面走進錢氏村凌亂的郊外，一面想著歐星人對最近這些事件不知有何感想。

對牠們來說，太隗並不曾被遮掩，但長城的消失一定是個震撼。它自亙古以前就矗立在那裡，除了做為屏障，毫無疑問還有更多的功能。然後，猝然間它就消失了，彷彿從未存在過……

那千兆位元的光片正等著他。光片旁邊圍了一群歐星二人，表現出普爾從未見過的好奇。他想，不知哈曼是否用什麼方式告訴了牠們，要好好守著這個來自太空的禮物，等著普爾來取回。

然後，普爾要把它帶到唯一可以安全存放的地方。因為現在裡面不只裝著一個沉睡的朋友，還有在未來世紀裡或許才有能力袪除的恐怖病毒。

第四十章　午夜的尖峰山

要想像一個更為寧靜的景致，只怕很難，普爾這麼覺得，尤其是在前幾周的創傷之後。近乎滿圓的地球，照亮了無水雨海的每一個角落，而不是像太陽白熾的光芒般抹去那些景致。

在距離尖峰山不起眼的密室入口前百公尺處，月面車小隊圍成半圓形。從這個角度，普爾可以看到這座山根本名不副實。

早期的天文學家，因為被它的突出陰影誤導而取了這個名字，但其實它不是陡峭的山峰，而是個圓圓的小丘。他也相信，當地的休閒之一就是騎著腳踏車攻頂。直到現在，這些運動的男男女女還沒人參透出車輪下隱藏的秘密，而他希望這個恐怖的真相不會破壞他們的健身運動。

一小時前，帶著既悲傷又勝利的心情，他交出了從未衛三直接帶到月球、從未離開自己視線的光片。

「別了，兩位老友。」他喃喃說道：「你們表現得很好。也許未來某個世代會喚醒你們，但是老實說，我寧願不要。」

他可以非常清楚地想像，再度需要哈曼知識的一個嚴重理由。現在，想當然耳，木衛二上的「僕人」已不復存在的那則消息，正朝著未知的控制中心而去。只要運氣不太糟，再過九百五十年左右，回應就該來了。

普爾過去常詛咒愛因斯坦，現在卻要歌頌他了。即使是石板背後的力量（現在已確定了它的存在），也無法以超光速散布其影響力。所以人類應當還有整整一千年，可以為下一次接觸作準備——如果真有那麼一次的話。或許到了那個時候，人類會有較好的準備。

有東西從隧道裡出現了，是那個架在軌道上的半人形機器人，剛才就是它帶著光片進入密室的。

看著一部機器包在某種用來防禦致命病菌的隔離裝裡，似乎有點可笑——而且是在沒有空氣的月球上！

但不管看來多不可能，還是沒有人敢投機取巧。畢竟，這個機器人曾沿著那些被謹慎隔離的惡魔移動，雖說監視攝影機顯示一切正常，但總有可能會有哪個玻璃瓶漏了、或者哪個罐子的密封鬆了。月球是個很穩定的環境，但是根據紀錄，數世紀以來這兒也發生過許多月震和流星撞擊。

機器人在隧道外五十公尺處停了下來。巨大的蓋子緩緩移回原位，開始沿著螺紋旋轉，像是個巨大的螺栓被旋進了山裡。

「沒戴墨鏡的人，請閉上眼睛或移開視線！」

月面車無線電中傳來了緊急的聲音。普爾在位子上別過頭去，正好看到月面車車頂上的一陣強光。當他轉回頭去望向尖峰山時，機器人只剩下一堆發紅的熔渣。即使對一個大半輩子都生活在真空中的人來說，沒有裊裊上升的縷縷輕煙，似乎還是非常不對勁。

「消毒完畢！」從任務控制室傳出聲音：「感謝各位。現在請返回柏拉圖市。」

多諷刺啊！拯救人類的竟然是人類的瘋狂製造出的產物！普爾想，我們能從中得到什麼啟示呢？

他又回頭望著美麗的藍色地球，她躲在雲層之下，與寒冷的太空隔著一層補綴的雪白毛毯。在那兒，幾個星期後，他希望能好好抱抱自己的第一個孫子。

不管隱身在星辰後面的，是什麼天神般的力量和主權，普爾提醒自己，對普通人來說，重要的只有兩件事，那就是「愛」與「死」。

他的身體還不到一百歲，他還有足夠的時間去面對兩者。

尾聲

「他們的小宇宙還很年輕，他們的神還只是個孩子。但現在評斷他們嫌太早；當『我們』在『末日』回去的時候，會決定誰該被拯救。」

【誌謝】最後的感謝

亞瑟·克拉克　於一九九七年

感謝ＩＢＭ送我這個完美的、小巧可愛的Thinkpad 755CD，這本書就是用它完成的。多年來我一直被一個毫無根據的傳聞所困擾——即ＨＡＬ（哈兒）這個名字衍生自ＩＢＭ字母的置換。為了解除這個「世紀之謎」，我甚至在《二〇一〇》中，讓發明ＨＡＬ的錢德拉博士極力否認這一傳聞。然而，到最近我才放心，「藍色巨人」（Big Blue，ＩＢＭ的商標為深藍色，編註）完全不受這個聯想所困擾，還非常引以為傲。所以我也不再繼續澄清這一傳聞了，並於一九九七年三月十二日，把我的祝賀寄給了烏班納市伊利諾大學所有參與哈兒「慶生會」的人。

我要向Del Rey Books出版公司的編輯沙皮羅（Shelly Shapiro）致謝。當我和文字交手之際，沙皮羅那長達十頁的意見讓這部作品增色不少。（是的，我自己曾是編輯，而現在已經不必忍受這種作者經常加給編輯的罪名——這個行業的人都是失意的劊子手。）

最後，誠摯地感謝我的老朋友，加勒菲斯酒店（Galle Face Hotel）的老闆賈丁納（Cyril Gardiner）。在我寫這本書時，他熱情地提供我一間豪華寬敞的個人套房。在這段混亂的時光裡，這是我的「寧靜基地」。補充一下，雖然加勒菲斯酒店沒有廣大的、富有想像空間的景色，但是它的便利性遠比木衛三甘尼米德優越。我這輩子再也沒有待過比這裡更為舒適的工作環境了。

就此而言，或許更令人鼓舞的是入口處所懸掛的牌子上，羅列了百位光臨加勒菲斯酒店的卓越人物。這些人中包括蘇聯太空人噶伽林（Yuri Gagarin），他是阿波羅十二第二次登月任務的成員，還有許多優秀的舞台及電影明星：葛雷哥萊畢克（Gregory Peck）、亞歷堅尼斯（Alec Guinness）、考沃德（Noel Coward）、演出《星際大戰》的嘉莉費雪（Carrie Fisher）……還有費雯麗（Vivien Leigh）和勞倫斯奧立佛（Laurence Olivier），兩人都曾在《二〇六一》中短暫出現過。我很榮幸看到我的名字列在他們之間。

在一家頗負盛名的飯店開始一項計畫看起來再適合不過了：紐約的雀兒喜飯店——天才和假天才的溫床——而且這項計畫應該在另一間在大半球之遠的飯店結束。不過窗外聽見的，不是記憶中西二十三街那遙遠和溫柔的街人車聲，而是近在咫尺、風雨大作的印度洋咆哮，感覺很奇妙。

就當我在寫這篇誌謝詞時，我很遺憾得知賈丁納在幾個小時前去世了。知道他已經看過以上的獻辭，而且覺得很高興，這讓我多少感到一點安慰。

【後記】
本書資料來源

第一章　慧星牛仔

描繪錢德勒船長的狩獵領地，於一九九二年發現，參考露（Jane X. Luu）和傑維特（David C. Jewitt）合著的文章〈柯伊伯帶〉（The Kuiper Belt, Scientific American, May 1996）。

第四章　觀景室

同步軌道（Geostationary Orbit, GEO）中「世界之環（ring around the world）」的概念——它們透過赤道上的塔和地球相連——雖然完全可以看作是奇想，然而卻有堅固的科學理論基礎。這顯然是聖彼得堡的工程師阿蘇塔諾夫（Yuri Artsutanov）所發明的「太空電梯」（Space Elavator）的擴大版。我在一九八二年曾和這位工程師有過一次愉快的會面，當時的聖彼得堡還叫做列寧格勒。

阿蘇塔諾夫指出，在地球和徘徊於赤道上特定區域的衛星之間搭起一條纜線，在理論上是可行的。今日大部分的通訊衛星在GEO上，即是徘徊在地球上的特定區域。有了這樣的開始，太空電梯（或以阿蘇塔諾夫生動的語彙來說：宇宙臍帶）是可望建造起來的，而載運上GEO的系統可完全由電力驅動。只有在旅程的其他時段才使用火箭推進器。

為了避免火箭技術所造成的危險、噪音，以及環境危害，太空電梯驚人地減少了所有太空任務的成本。電力很便宜，載一個人上去軌道只需花費一百美元，而在軌道上繞一圈則需花費十美元，因為大部分的能源在下降的旅途中將恢復。（當然，付較高的票價才能享受到好的餐飲及觀賞電影。即使如此，一千美元就能來回於GEO，你相信嗎？）

這理論是無懈可擊的，但是有哪種材料，可以有效地承受距離赤道三萬六千公里高的懸掛拉力，並有足夠的強度能運送承載上去？當阿蘇塔諾夫寫他的論文時，只有一種物質符合這些可說是相當嚴格的規格：結晶碳（crystalline carbon），即人們所知的鑽石。不幸的是，在市面上無法購得所需的百萬噸鑽石，雖然在《二〇六一太空漫遊》我已說明了木星核心存在這些量的鑽石之原因；而在《天堂之泉》（*The Fountains of Paradise*）我提出更可取得的來源：在軌道上的工廠，那裡鑽石可以在無重力的狀態生成。

一九九二年八月，亞特蘭提斯號太空梭試圖邁出太空電梯的「一小步」，當時做了一項實驗，沿著一條長二十一公里的繫鏈釋放、並取回載重。可惜，投資下去的這項工程卻在幾百公尺處就卡住了。

當亞特蘭提斯號太空梭在軌道記者會提出《天堂之泉》，以及這次的任務專家霍夫曼（Jeffrey Hoffman）在回到地球時送我一本他簽了名的書時，我感到十分高興。

一九九六年二月，第二次的繫鏈實驗則稍稍進步了些：載重真的跑完全程，但在取回時纜線斷了，因為絕緣體做得不好而導致漏電。（這或許是個幸運的意外：我不禁想起與富蘭克林同時代的人，他們試圖重複他著名但危險的實驗——在大雷雨中進行風箏實驗——而致命的事。）

除了可能會發生的危險外，從太空梭發射出、扣在繫鏈上的負載，看上去就像用假蠅釣魚：看起來容易，其實並不然。但最終最後的「大躍進」將會完成——一路直達赤道。

同時，碳的第三種形式，碳六十的巴克球（Buckminsterfullerene, C60，由六十個碳原子構成足球形狀的結構），使得太空電梯的概念更為可行。一九九〇年，一群休士頓萊斯大學（Rice University）的化學家製造出管狀的碳六十，其張力比鑽石大許多。這群化學家的領導史摩利博士（Dr. Smalley）甚至進一步宣稱這是至今最強韌的材料，並且補充道，借著它太空電梯就可能建造完成。（最新的消息：我很高興知道史摩利博士因這項研發而獲得一九九六年諾貝爾化學獎。）

現在，有一個令人吃驚的巧合——它怪異得令我困惑：誰在負責這件事。

巴克明斯特．富勒（Buckminster Fuller）於一九八三年逝世，因此生前並未見到「巴克球」（backyballs）和「巴克管」（backytubes）這些使他身後極富盛名的發現。在他許多最後的旅程當中，有一次我有幸在斯里蘭卡開飛機載他及其妻子安（Anne），並帶他們去看看《天堂之泉》所提到的特定地點。不久過後，我用十二吋的（還記得這種規格嗎？）LP錄音機（Caedmon TC 1606）錄下小說，而巴克則友善地在唱片封套寫下說明。這些事以一件令人訝異的啟示告終，它激發了我對星城

（Star City）的思考：

一九五一年，我設計了一個可自由活動且結構簡潔的環狀橋，在赤道上空並圍繞著它而組裝起來。在這「光環」橋內的地球依舊自轉，而這圓形橋則以自身的速率旋轉著。我預見地球上的交通工具垂直地上升移至橋中，旋轉著，並下降到所欲抵達的地球位置。

我堅信，如果人類決定投入此項投資（依據對此而產生的評估，認為這不是一項資金甚鉅的投資），星城是可以被建設起來的。除了產生新的生活型態，以及讓來自低地心引力的世界，如火星或月球的參觀者更適應我們的星球外，所有的火箭研究都不需在地表進行了，而是讓它們回到所屬的太空。（雖然我希望每年在甘迺迪角太空中心應景地重演火箭升空，以喚起人們對火箭第一次升空的興奮感。）

幾乎可以肯定的是，大部分的城市將是騰空架起的，只有非常小的一部分城市做為科技目的使用。畢竟，每座塔相當於千萬樓層高的摩天大樓，而圍繞著同共步軌道的環，則介於地球和月球之間，但較靠近月球。若這個環形成完整的一圈，數倍的人口可以居住在這個空間中。（這引起一些有趣的邏輯問題，我樂意把它們作為「學生作業」。）

關於「豆莖」（Beanstlk）概念的卓越歷史，以及其他更先進的概念，如反地心引力和空間扭曲，請參考羅伯特．伏特（Robert L. Forward）著《科學魔術》（*Indistinguishable from Magic*）。

第五章　教育

一九九六年七月十九日，我很驚訝在當地報章讀到英國電訊人工生命團隊（Artificial Life Team）的領導人溫德博士（Dr. Chris Winter）相信我這章所描繪的資訊和儲存設備能在三十年內發展完成！（我在一九五六年的小說《城市與群星》（*The City and the Stars*）中認為這些設備要在十億年後才可能出現，顯然是個失敗的想像。）溫德博士說，這種設備能讓我們「在實體上、情感上，和精神上重新創造一個人」，並且他評估這麼做所需要的記憶空間大約是十的十三次方位元，比我所推測的十的十五次方位元小了二級。

我真希望當時能以溫德博士的名來為這種設備命名，這將會在正規圈子引起一些強烈的爭論：「靈魂的捕捉者」。至於這設備應用於星際旅行，請參考第九章。

我相信我發明了以掌心對掌心的資訊傳遞方式，在第三章有描述，因此發現尼可拉斯．尼克羅彭迪（Nicholas Negroponte）和他麻省理工學院媒體實驗投入這項研究已有多年時，實在叫人慚愧。

第七章　簡報

如果零點場（Zero Point Field，有時被稱為「量子波動」或「真空能量」）能被開發出來，那麼它對我們的文明所造成的衝擊將是非常巨大的。所有現今的能源——石油、煤、核電、水力發電、太陽能——都會被淘汰，當然我們所擔心的環境污染問題也會隨之消失。所有這一切都變成了一個大的擔憂——熱污染。所有的能源最終成為熱，如果每個人有數百萬千瓦可玩，這顆星球很快就會像金星那樣：陰影處的溫度高達幾百度。

然而，這狀況也有光明的一面：除了這方法外，別無其他方式避開下一次的冰河紀元，冰河紀元是一定會出現的。「文明是冰河紀元之間的休息時段。」出自威爾．杜蘭（Will Durant）的《文明的故事》（*The Story of Civilization*）。

即使當我寫下這些話時，全球各實驗室的優秀工程師宣稱他們正在開發這種能源。物理學家費曼曾估計過這種能源的體積，大意是一杯馬克杯大小的能源就足以把地球的海洋煮沸，真是令人印象深刻。

當然，這種想法會讓人不免一驚。相較之下，核能根本不是對手。

我很好奇，有多少超級新星真的是由工業意外所誕生的？

第九章　空中花園

在星城中移動最主要的問題之一，就是距離太遠了。如果你要拜訪一位在隔壁塔的朋友（無論虛擬實境有多少優點，通訊永遠無法取代接觸），這距離相當於一趟月球之旅。即使擁有最快的電梯，還是要花上好幾天而非數小時，否則生活在低地心引力地區的人無法適應其加速度。

「無慣性推進器」（inertialess drive）的概念——即作用在身體上每個原子的推動系統，這樣當電梯在加速時，身體就不會感受到壓力了——在一九三〇年代由「太空劇」（Space Opera）大師史密斯（E.E. Smith）所發明。這概念並非如其所聽起來那般不大可能，因為重力場正是以這種方式對身體產生作用的。

如果你在地表附近自由地下墜，（忽視空氣阻力）每一秒你的速度會增加近每秒十公尺。此外，你會感到處於無重力狀態，不會感受到加速度，雖然到一分三十秒時，你的速度將增加為每秒一公里。

若你在木星的重力場下墜落也是如此，（其地心引力為地球的二．五倍），甚至你在巨大無比的場域內如白矮星或中子星（比地球的地心引力強上幾百萬或幾兆倍），也是如此。你感受不到什麼，即使你在出發數分鐘後達到光速也是如此。然而，若你蠢到進入具有引力的物質半徑，因為受力不均衡，潮汐力量（tidal forces）很快就會將你撕成碎片。進一步詳細的資料，可參考我悲慘但文如其名的短篇故事〈中子潮汐〉（Neutron Tide），收於拙著《太陽風》（*The Wind from the Sun*）中。

「無慣性推進器」就像可控制的重力場域，它在科學小說之外很少被認真討論到，直到最近。一九九四年，三位美國物理學家發展了偉大蘇聯物理學家沙卡洛夫（Andrei Sakharov）的一些概念，並討論了無慣性推進器。

海希（B. Haisch）、瑞達（A. Rueda）和普霍夫（H.E. Puthoff）所寫的「零點場中的慣性」（Inertia as a Zero-Point Field Lorentz Force, Phys Review A, February 1994），未來可能會成為具有里程碑意義的重要論文，在小說中，我已經賦予它這地位了。

這篇論文提出了一個很根本且被視為理所當然的問題，即宇宙生成的方式。

這三位美國物理學家所問的是：「是什麼給予物體質量（或慣性）以致於它需要外力才會移動，以及一股同樣的力量以恢復它原先的狀態？」

他們暫訂的答案仰賴於一個遠離物理學家的象牙塔，且不為人所知的事實：即所謂空洞的太空實際上是個能量沸騰的大汽鍋——零點場，這點真是令人驚訝。這三位物理學家認為慣性和重力是一種電磁現象，它們是物體和場相互作用的結果。

自法拉第（Faraday）以來，有無數的實驗試圖把重力和磁力結合起來，雖然有許多實驗宣稱取得了成功，可是它們的結果沒一個是經過證實的。然而，儘管還很遙遠，如果這三位物理學家的理論獲得證實，它將開啟反重力的「太空推進器」（space drive）遠景；更迷人的是，甚至可能控制慣性。這會產生有趣的狀況：如果你以最小的力道去觸碰一個人，他將在一小時內立即消失到幾千公里遠的地方，直到他碰到另一頭而反彈停下來。好消息是交通意外將成為不可能的事；自動車以及乘客可以毫髮無傷地以任何速度相互碰撞。（你覺得今日的生活已經夠混亂了？也許未來更熱鬧呢！）

我們目前所熟知太空任務中的「無重力狀態」（下個世紀將會有數百萬的人享受

到這樣的旅程），對我們的祖父輩而言就像是魔術。消除，或只是減少慣性是另一個相當不同的狀態，甚至是完全不可能的[1]。但它是一個很棒的想法，因為它可以促成類似「遙距傳送」的作用：你幾乎可以立即地到各地去旅行（至少在地球上）。坦白說，我真不曉得少了它要怎樣來管理「星城」！

在這部小說中我做了一個假設，即愛因斯坦是對的，沒有任何訊號或物體能超越光速。有一些包括複雜數學運算的論文最近似乎認為：就如同許多科幻小說家所習以為常的那樣，在銀河搭順風車的旅客或許不必忍受這惱人的限制。

整體而言，我希望這三位物理學家是正確的，但似乎有一個根本的反對意見。如果超光速（Faster Than Light，FTL）是可能的，為什麼這些搭便車的，或者富有的旅客沒有成行呢？

答案是，正像我們不會發展以煤為燃料的太空船一樣，外星人沒有理由建造航行於星際之間的交通工具，一定有其他更好的方法。

界定一個人只需要數量少到驚人的「位元」，或是儲存一個人一生中可能會獲取的所有資訊，這點在雪弗（Louis K. Scheffer）的〈機器智慧，星際旅行的成本與費米的弔詭〉（Machine Intelligence, the Cost of Interstellar Travel and Fermi's Paradox,

Quarterly Journal of the Royal Astronomical Society 35, no. 2 [June 1994]: 157-175）中有提到。這篇論文（肯定是嚴肅的QJRAS出刊以來最標新立異的一篇）估計，一位一百歲老人的全部精神狀況和記憶大約占了十的十五次方位元。即使是今天的光纖也可以在數分鐘內傳輸這筆資訊。

我認為星際長途旅行的運輸機在三〇〇一年以前還無法生產出來，在今後的一個世紀中將似乎成為滑稽的淺短目光，而目前沒有星際遊客只是因為地球上沒有建造任何讓太空船停靠的設施。或許外星太空船已經出發了，正在以緩慢的速度前進著……

第十五章　金星之變

有機會向阿波羅十五的成員致意是一項殊榮。從月球返回之後，他們送我登月艙法爾康號（Falcon）的著陸模型，現在放在我辦公室最顯著的地方。上面是月球車（Lunar Rover）三次出巡時所留下的路徑痕跡，其中一條繞過了地球反照（Earthlight）的缺口。模型上印有一行字：「給亞瑟．克拉克，阿波羅十五成員感謝您對太空的想像。史考特（Dave Scott）、伍登（Al Worden）、艾爾文（Jim Irwin）。」為了回報他們，我把《地球反照》（*Earthlight*）（寫於一九五三年，背景設定在一九七一年月球車所駛過的區域）獻給他們：「給史考特以及艾爾文，第一位踏上這塊土地的人；給伍登，在軌道上看護他們的人。」

在克隆凱（Walter Cronkite）和席拉（Wally Schirra）於CBS報導阿波羅十五即將返回地球後，我飛往太空航行地面指揮中心觀看它的返航。我坐在伍登的女兒旁邊，她是第一個注意到太空艙的三個降落傘其中一個沒有展開的人。這是令人緊張的一刻，所幸剩下的兩個還可以勝任降落任務。

第十六章　船長的餐桌

參考《二〇〇一太空漫遊》第十八章描寫太空探測船衝撞的部分。即將到來的克利門第二號（Clementine 2）任務目前正計畫進行類似的實驗。

看到《二〇〇一》中說月球瞭望台在一九九七年發現了阿斯特洛伊小行星七七九四號（Asteroid 7794）時，我覺得有些不好意思。我會把它挪到二〇一七年——那時是我的百歲大壽。

就在寫完以上這段之後幾小時，我很高興得知，巴斯（S. J. Bus）一九八一年三月二日在澳洲塞汀泉（Siding Spring）發現的小行星四九二三號〔Asteriod 4923（1981 EO27）〕，被命名為克拉克，在某種程度上是為了紀念太空防衛計畫（Project Spaceguard）。有人懷著深深的歉意告訴我，由於一時失察，第二〇〇一號已經過時了，它和那個名叫愛因斯坦的人一樣。藉口，都是藉口。

但得知與小行星四九二三號同一天被發現的五〇二〇號已被命名為艾西莫夫（美國生物化學家、作家，創作了許多科幻小說和科普讀物），我還是非常高興——雖然令人悲傷的是，我的老友永遠無法知道這個消息。

第十七章　木衛三

如同在本書〈序〉，以及《二〇一〇》和《二〇六一》裡解釋過的，我希望充滿雄心壯志的伽利略任務——到木星及其衛星之旅，可以帶給我們多一些關於這個奇異世界細節，以及令人目眩神迷特寫鏡頭。

嗯，多次延誤之後，伽利略抵達它第一個目的地——木星，而且表現令人讚賞。但是，有個問題，由於某個原因，主天線並沒有打開。這表示影像必須經由低增益天線（low-gain antenna）傳送回來，其傳輸速度之慢讓人難以忍受。雖然船上的電腦改編程式，已經奇蹟似地彌補了這個遺憾，但仍得花上數小時來接收原本應該數分鐘之內就可以傳送回來的訊息。

所以我們必須有耐心，而在一九九六年六月二十七日伽利略任務之前，我已經開始在小說中熱切探索木衛三甘尼米德。

一九九六年七月十一日，在完成這本書前兩天，我從噴射推進實驗室（JPL）下載第一批影像，幸好到目前為止，我的描述與實際情況沒有牴觸。但假使當前的景色不是由冰原組成的坑口，而是棕櫚樹和熱帶海灘，或者還要更離譜，變成「YANKEE GO HOME」（越戰時期反戰運動的口號）招牌，我的麻煩就大了。

我特別期待「木衛三市」（Ganymede City）的特寫鏡頭（本書第十七章）。這個引人注目的結構體正如我所描述的——雖然我猶豫過是否要如此描寫，因為我擔心我的「發現」會成為「國家撒謊人」（National Prevaricator）的頭版。在我的眼裡，它比著名的「火星臉譜」及其周圍環境更像是人工造做的。假使它的街道有十公里寬，又如何？也許木衛三市就是這麼「大」……

在NASA航海家編號為20637.02和20637.29影像中可以找到這個城市；或更方便的方法是，可以在拉杰（John H. Rogers）不朽的著作《巨大的木星》（*The Giant*

Planet Jupiter）中，圖23.8裡找到。

第十九章　人類的瘋狂

有明顯的證據支持泰德．可汗令人吃驚的斷言，他指出大部分的人類至少都帶點瘋狂的基因，參看我的電視影集「克拉克的神秘宇宙」（Arthur C.Clarke's Mysterious Universe）第二十二集〈會見瑪利〉（Meeting Mary）。要知道，基督徒在人類中只是很小的一群，比起這些曾經崇拜過聖母的信徒，更多的信徒同樣崇拜其他崇高的女神，如拉瑪（Rama）、時母（Kali）、席娃（Siva）、托爾（Thor）、佛旦（Wotan）、丘比特（Jupiter）、俄賽里斯（Osiris），等等。

最令人吃驚的，也令人感到惋惜的，是柯南道爾的例子，他是個絕頂聰明的人，他的信仰使它變成一個胡言亂語的瘋子。儘管他最喜愛的靈媒們不斷被揭發是騙子，他對他們的信心仍然屹立不搖。而這個創造福爾摩斯的人，甚至曾藉著表演逃脫術的最高境界，把自己「變不見」，試圖使偉大的魔術師胡狄尼信服。這種逃脫術的技倆，如華生醫生很喜歡說的：「簡單得不得了。」（參看賈德納（Martin Gardner）《巨大的夜》（*The Night Is Large*）一書中〈柯南道爾的題外話〉（The

Irrelevance of Conan Doyle）這篇文章。〕

宗教法庭審判異端，這種虔敬的殘酷絲毫不遜於柬埔寨前首相波布（Pol Pot）和德國納粹，其細節可以參看卡爾・薩根（Carl Sagan）在《惡魔盤據的世界》（*The Demon-Haunted World*）一書中對新世紀的傻瓜（Nitwittery）的辛辣抨擊。

至少美國移民局已經採取行動反對宗教狂熱的暴行。《時代雜誌》里程碑專欄在一九九六年七月二十四日報導說，對於那些因家鄉傳統而遭受割禮的女孩，必須給予庇護。

在我完成這章之後，偶然看到史托爾（Anthony Storr）的《不為人知的弱點：印度導師的權力和魅力》（Feet of Clay: The Power and Charisma of Gurus, The Free Press, 1996），後者可說是這個領域的權威。很難相信這場神聖的騙局已經累積了九十三輛勞斯萊斯，直到美國聯邦法院執行官遲至今日才逮捕他。更糟的是，他的數千個美國呆子信徒中，有百分之八十三已經潛入了大學，因此符合我最愛的一個對知識分子的定義：接受超越了其智慧水準的教育。

第二十六章　錢氏村

我在一九八二年出版的《二〇一〇太空漫遊》中，解釋過這艘停在木衛二歐羅巴的中國太空船的命名乃是為了紀念錢學森博士，他是美中火箭計畫的創始人之一。

出生於一九一一年的錢學森，一九三五年時獲得一份獎學金，讓他離開中國到美國求學。在那裡，他從傑出的匈牙利航空動力學者希羅多德．馮．卡門（Theodore von Karman）的學生變為他的同事。之後，他以加州理工學院首位高達德講座教授的身分，協助成立了古根漢航空動力實驗室（Huggenheim Aeronautical Laboratory）——即巴薩迪那（Pasadena）著名的噴射推進實驗室的前身。就在中國於境內試射核武導彈之後，《紐約時報》評論：「錢氏的一生是冷戰歷史的一個諷刺。」（一九九六年十月二十八日）

在最高機密的核可下，他對一九五〇年代的美國火箭研究貢獻良多。但是在瘋狂的麥卡錫時期，當他試圖回祖國訪問時，卻被美國當局以虛構的保密罪名逮捕。在多場聽證會和延長拘留之後，他最後被驅逐出境，回到故鄉——帶走他所有無人能出其右的知識和專業。就如同他許多成就卓越的同事所聲明的，這是美國所做過最愚蠢，也是最可恥的事之一。

他被驅逐之後，根據中國國家航天局以及科協副主席莊逢甘的說法：「錢學森從零開始，從事他的火箭事業……沒有他，中國在科技上將遠遠落後二十年。」或許，這麼一來也會相對延後致命的蠶氏反艦飛彈（Silkworm antiship missile）以及長征號衛星發射器（Long March satellite launcher）的部署。

我完成這部小說後沒多久，即獲頒國際宇航學會的最高榮譽馮卡門獎，在北京受獎！這是一個我無法拒絕的邀約，尤其是當我得知錢博士就居住在北京市。不幸的是，當我抵達那裡後發現他正因生病而留院觀察，而他的醫生不許訪客探病。

為此，我十分感謝他的私人助理王壽雲少將，他透過適當管道，替我將簽好名的《二〇一〇》和《二〇六一》交給錢博士，並把一大套由他所編輯的《錢學森作品集：一九三八～一九五六》（科學出版社，一九九一年，北京東黃城根北街十六號一〇〇七一七）贈送給我。這是一本很棒的選集，內容由最初許多與馮卡門共同討論的空氣動力學問題，到最後關於火箭與衛星的專題論文。最後一篇是〈熱核能量廠〉（Jet Propulsion, July 1956），是錢博士當時還是FBI的囚犯時所寫的。這篇文章還論及一個在今日而言更是話題的主題：「利用重氫熔化反應的動力站」，雖然到目前為止這項議題幾乎沒有什麼進展。

一九九六年十月十三日，就在我離開北京之後，我很高興得知，高齡八十五歲且行動不便的錢博士，仍在繼續進行他的科學研究。我衷心希望他喜歡《二〇一〇》和《二〇六一》，且希望將來可以將這本《三〇〇一》獻給他。

第三十六章　萬惡毒窟

一九九六年六月，參議院進行了一系列的電腦安全事宜聽審會後，同年七月十五日柯林頓總統簽署了第一三〇一〇號行政命令，以因應「電腦攻擊控制重要基礎建設的資訊或溝通元件」（「網路威脅」）。建立了反網路恐怖主義的堅強力量，並有CIA、NSA，以及各防衛單位的代表。

小搗蛋，我們來了……

由於寫了上面這段文字，我開始對還沒看過的電影《ID4星際終結者》結尾感到好奇了起來，聽說結尾就如同特洛依木馬屠城那樣，使用電腦病毒反擊！還有人告訴我，這部電影的開頭和《童年末日》（*Childhood's End*）一模一樣，裡面包含了所有從梅里耶（Georges Melies）的《月球之旅》（*Trip to the Moon*）以來的科幻小說都會有的陳腔濫調。

我無法決定是否要恭喜這個作者神來一筆的原創力，或是指控他們預知式的抄襲——這永恆的罪。那麼，我擔心我無法阻止波康（John Q. Popcorn）認為我剽竊了《ID4星際終結者》的結尾。

作者註

1　一九九六年九月，芬蘭科學家宣稱偵測到正在旋轉且超導電的碟子，其上方的地心引力有微量的（少於百分之一）減弱。如果這獲得了證實（慕尼黑馬克斯蒲朗克研究所早期的實驗也示意具有相似的結果），這個突破可是長期以來所等待的。同時我也期待有趣的懷疑意見。

【譯後記】

改變一生的那本書

鍾慧元　二〇〇六年九月二十五日

是的，這本書改變了我的一生。不是說這書啟發了我的科學思維或者激勵我發明了什麼重要儀器或什麼重要理論。不，我不是科學家、甚至不能算科學愛好者。但要不是這本書，我恐怕只是一個很平凡的上班族，或者，只是一個家庭主婦。

話要從一九九八年說起。那時的我剛換了工作，吃不飽餓不死心靈雖有點空虛但還算愉快地隱身於某公家機關。有天突然接到一通電話，那一頭的人說，他叫葉李華。我還真的聽過這個名字呢，因為我超愛看小說，除了文藝小說什麼都看，家裡就有一本他的《時空遊戲》。

他說，他回台灣想推廣科幻，他說，正在幫天下文化尋找翻譯人才，他說，你要不要試試看？我們素昧平生，甚至不知道他怎麼有我的電話。但總之，我很高興地接受了，有機會總是好的嘛。不久後我收到天下寄來的試譯稿，然後我們開始合譯第一本書，也就是天下很辛苦才拿到版權的、克大師剛剛寫好沒多久的、【太空漫遊四部曲】的最終章，《三〇〇一太空漫遊》。

我當然知道克拉克是科幻巨擘，也知道科幻小說不會是簡單的任務，但葉大哥傾囊相授，把過去幾年在美國埋首翻譯的經驗與心得毫不藏私地傳授給我。說好是合譯，但他其實比較像老師。我們每週碰面一次，我事先準備好預定的章節，碰面時口譯給他聽，若他覺得有誤解、誤譯、或詮釋得不夠好，隨時討論，回家後我把當天的進度化為文字，下次碰面讓他帶回家看，這就是我們合譯的方式。

那時只覺得自己第一本翻譯的怎麼就是這樣硬的書。我幾乎不具任何科學背景，從小數學就差，更別提物理化學。而這本書，除了科學、天文方面的用語、理論外，還有克爵士想像中目前的人類社會繼續演化下去的狀況。整本書旁徵博引，在在顯示克老大的博學。幸好葉大哥是科學家，但文章裡的每字每句，我們還是要推敲許久；書中人物隨口的討論，都必須查證再三。有一章講普爾與可汗博士對藝術與美學的討論，裡面引經據典、還有各式各樣的看法與辯論，在那個孤狗還沒有無敵的年代，這種種細節，耗去我下班後的大部分時間。但你也能看到克爵士的前瞻性。他想像中西元三〇〇一年的人類不再食用動物製食品，理由是大型的傳染病，看看狂牛症、口蹄疫、禽流感，我看人類可能真的會有這麼一天。這裡我就不再強調他作品的偉大或磅礡，若想看看整個【太空漫遊四部曲】的背景導讀，請至葉大哥的網站http://sf.nctu.edu.tw/yeh/yeh0009.htm。

當時為了作科幻系列，葉大哥特別把《科學月刊》的主編張孟媛挖來，待《三〇〇一》進入編輯階段，我也懷了老大，害喜非常嚴重，簡直是從早吐到晚。當時孟也開始加入我們的「課程」，一起進入系列的第二本書，碰面地點改在天下的小會議室，大家下班後，小會議室裡總會飄來隔壁人家煮飯的油煙味，常讓我一邊忍著吐、一邊口譯或記筆記。我們每週碰面，一起吃飯、討論文字文句，也閒聊八卦。此後我再也沒有碰過和譯者關係這麼密切的編輯。我們就這樣把克老大的書當作課本，畢恭畢敬地上了一年多的英文與翻譯課。

我說不上來那時候受益到底多匪淺，只知道到了今天，我還在受用。當時學到的種種態度，像是仔細、勤查資料、虛心接受指導、翔實轉達作者原意、認真記錄所有專有名詞的譯名、出處、勤翻參考書等等，直到現在，進行任何編輯與翻譯工作時，也都還是我的原則。更不要提因為這本書的翻譯經驗，我才有機會踏入自己希望從事的編輯工作。

《三〇〇一》中文版於二〇〇〇年六月三十日出版，我兒子於十二天後出生。他們簡直像雙胞胎，其中之一在我肚子裡日漸成長的同時，另一個也正經由連串的縝密作業印刷成書。兒子今年剛上小一，《三〇〇一》也將與其他兄弟同時以中文再度面世，都是另一個階段的開始。重讀《三〇〇一》，像是重新審視懷孕與生產的痛苦過程，不過，成果仍在發展中。

附錄

本書名詞解釋（依筆畫排列）

◎葉李華、鍾慧元、張孟媛整理

G（物理） gee　重力場的通用單位。地球上的重力場定義為一個G，對應於MKS制九．八的重力加速度。

TMA0（科幻）　埋藏在東非奧都韋峽谷的一塊小型「第谷石板」，於西元二五一三年出土。三百萬年前，就是這塊石板啟發了人類祖先的智慧。

TMA1（科幻）　西元二〇〇一年於「第谷月坑」挖掘出來的黑色巨型石板，由於具有強烈磁性，因此被命名為「第谷磁場異象一號」（Tycho Magnetic Anomaly One），縮寫即為TMA1。

小行星（天文） asteroid　太陽系中直徑約一公里至一千公里、繞日運行的岩質天體。小行星大多集中於木星與火星軌道之間，目前已發現數千顆。

天蠍新星（科幻） **Nova Scorpio**　作者杜撰的一顆新星。

分離艙（科幻） **space pod**　作者杜撰的名詞，指在太空中使用的小型機動載具。

日向航行（科幻） **Sunward**　作者杜撰的名詞。指太空旅行時，朝向太陽飛行的航程。

月球暗面（天文） **dark side of the Moon**　月球的自轉週期等於公轉週期，所以月球永遠以固定的一側面向地球，背對地球的另一側便稱為暗面。

木衛一（天文） **Io**　伽利略衛星之一，公轉週期約一・七七地球日。

木衛一磁流管（天文） **Io flux-tube**　指木衛一與木星之間的天然磁流。

木衛二（天文） **Europa**　伽利略衛星之一，公轉週期約三・五五地球日。

木衛三（天文） **Ganymede**　伽利略衛星之一，公轉週期約七・一五地球日。

木衛四（天文） **Callisto**　伽利略衛星之一，公轉週期約十六・六九地球日。

半人馬座α星（天文） **Alpha Centauri**　中文名稱「南門二」，由三顆恆星組成。其中「比鄰星」是所有恆星中最接近太陽的一顆，距離約為四．二二光年。

布耳炸彈（科幻） Boolean Bomb　作者杜撰的電腦病毒名稱，原文壓首韻。

布朗運動（物理） Brownian motion　西元一八二七年，英國植物學家布朗觀察到的一種微觀世界中的永恆運動：液體中的輕微懸浮物質（例如布朗當年所觀察的花粉）受到周圍進行熱運動的液體分子不斷撞擊，因而不停地進行隨機運動。

白堊紀（地質） Cretaceous period　指地球中生代晚期，約一億三千六百萬年到六千五百萬年前的時代。

光分（天文） light minute　光波在真空中行進一分鐘的距離，約等於一千八百萬公里。

光片（科幻） tablet　作者杜撰的名詞。一種資訊儲存媒體，大小有如現今的三．五吋磁片，容量卻有一兆位元。

光年（天文） light year　真空中的光速（C）「定義」為每秒二九九、七九二、四五八公尺。光年為光波在真空中行進一年的距離，約等於九．四六兆公里。

光格（科幻） lattices of light　作者杜撰的名詞。

光敏的（生物） light sensitive　無論是生物感測器或機械感測器，若能偵測到可見光，即稱為光敏的。

全訊像（物理） hologram　拍攝全訊像照片需要兩組雷射光，一組照射到物體上再反射至底片，另一組從另一個角度直接射至底片，二者會在底片上產生並留下干涉條紋。在觀看這種照片時，上述干涉條紋會產生立體影像，即是所謂的全訊像。

吉耳格美什湖（科幻） Lake Gilgamesh　木衛三上的淡水湖，是作者根據古巴比倫某國王所杜撰的地名。

向光性的（生物） phototrope　當周圍光線有強有弱時，若植物的某部分會彎向較光亮的一方，便稱該部分具有向光性。

尖峰山（天文） Mountain Pico　位於月球「雨海」的一座山。

伽利略衛星（天文） Galilean Satellites　伽利略（Galileo Galilei, 1564～1642）於西元一六一〇年用自製望遠鏡發現木星至少有四顆衛星，這四顆衛星遂統稱「伽利略衛星」。

杜林魚雷（科幻） Turing Torpedo　作者杜撰的電腦病毒名稱，原文壓首韻。

拉斯普汀症候群（科幻） Rasputin Syndrome　作者杜撰的名詞。

泳行幼蟲（生物） free-swimming larval　有些生物在幼蟲期是浮游性的，生長到一定程度後才會固定著生，這些生物的幼蟲便稱為泳行幼蟲。

雨海（天文） Mare Imbrium　月球上有許多稱為「海」的廣闊平原，雨海為其中之一，直徑約一千三百公里。

思想書寫器（科幻） thoughtwriter　作者杜撰的名詞。此設備能把人腦的思想直接記錄成數位格式並存檔傳送，省去手寫、錄音或打字輸入等手續。

柯伊伯帶（天文） Kuiper belt　一九九〇年代初，天文學家發現海王星外還有好幾萬顆小行星，這些小行星呈環狀分布，構成所謂的柯伊伯帶。柯伊伯（Gerard Kuiper, 1905～1973）為荷蘭裔美籍天文學家。

軌道力學（航太） orbital mechanics　太空航行學的一支，研究如何設計及計算太空船或人造衛星的航道。

重力加速度向量（物理） gee-vector　即重力場的方向。此定義適用於行星的天然重力場，亦適用於太空站的模擬重力場。

倍里珠（天文） Bailey's Bead　在日全食過程中，太陽被月球愈遮愈多，最後只剩下一條狹窄的圓弧，接著，這條圓弧會破裂成許多小亮點，即是所謂的倍里珠。

哥德爾小鬼（科幻） Godel Gremlin　作者杜撰的電腦病毒名稱，原文壓首韻。

夏農圈套（科幻） Shannon Snare　作者杜撰的電腦病毒名稱，原文壓首韻。

曼德布洛迷陣（科幻） Mandelbrot Maze　作者杜撰的電腦病毒名稱，原文壓首韻。

康托大亂（科幻） Cantor Cataclysm　作者杜撰的電腦病毒名稱，原文壓首韻。

康威之謎（科幻） Conway Conundrum　作者杜撰的電腦病毒名稱，原文壓首韻。

彗星星核（天文） nucleus of comet　彗星為太陽系中一種雲霧狀天體，其組成成分為塵埃與冰。彗星星核的學名是「彗核」，指彗星前端中心的明亮核心。

第谷石板（科幻） Tycho Monolith　貫穿【太空漫遊四部曲】的一組神秘黑色石板，它們有大有小，邊長比例卻固定為一：四：九。由於第一塊是在「第谷月坑」

出土，因此用「第谷石板」當作統稱。「第谷月坑」是月球上的地名，用以紀念丹麥天文學家第谷（Tycho Brahe, 1546～1601）。

組合學劇變（科幻） Combinatorial Catastrophe 作者杜撰的電腦病毒名稱，原文壓首韻。

勞倫茲迷宮（科幻） Lorenz Labyrinth 作者杜撰的電腦病毒名稱，原文壓首韻。

普適性邏輯定律（邏輯） universal laws of logic 邏輯定律應該放諸宇宙皆準，適用於宇宙中任何生物或機械裝置。為了強調這個特性，作者特別在邏輯定律前冠以「普適性」。

發射窗口（航太） launch window 太空船為了到達預定的目的地，發射時間必須精密配合相關天體的運行，發射窗口便是指適合發射的那段時間。

菊石（考古） ammonite 一種古代的頭足類海產軟體動物，是當今鸚鵡螺的祖先。

超限陷阱（科幻） Transfinite Trap 作者杜撰的電腦病毒名稱，原文壓首韻。

黑卡蒂裂隙（科幻） Hecate Chasm 作者杜撰的地名、金星表面的裂隙。

奧都韋峽谷（考古） Olduvai Gorge　位於東非坦尚尼亞境內，是人類的發源地之一。大約兩百萬年前，人類的祖先巧手人（Homo habilis）即在此出沒，形成舊石器時代早期的文化。

愛神星（天文） Eros　編號第四三三號的小行星。

新星（天文） Nova　一顆恆星由於爆炸而在幾天內亮度增加了九個「星等」以上，若干時日後又下降到原來的亮度，這樣的「變星」便稱為新星。

極冠（天文） polar cap　行星兩極的白色區域，可能是凍結的水（例如地球的極冠）或二氧化碳。

節點（通訊） node　一個通訊網的資訊集散點。

腦帽（科幻） braincap　作者杜撰的名詞。二十五、六世紀時發展出的人機介面，可直接將人腦中的訊息輸出，或將訊息直接輸入大腦，而不再透過視覺、聽覺、嗅覺等感官。

鈾二三八（物理） uranium 238　鈾原子為極重的銀白色金屬，原子序九十二，共有十幾種同位素，均帶有放射性。自然界存在的主要為鈾二三八，與鈾二三五同是核武器的重要原料。

慣性場（物理） inertial field　當代幾位物理學家提出的一種假想力場，認為物質的慣性與質量便是源自物質和這個場的交互作用。

聚變反應爐（物理） fusion reactor　聚變（fusion）亦稱核聚變或核融合，指氫或氫的同位素結合成氦並釋放巨大能量的過程。在聚變反應爐中，可令聚變慢慢進行，以便利用反應產生的能量。一般公認，聚變反應爐應會在二十一世紀問世。

熱核武器（物理） thermonuclear weapon　利用核聚變能量的核武器，亦即俗稱的氫彈。

熵（物理） entropy　在熱力學與統計力學中，用來度量一個系統無序程度的物理量。

艙外活動（航太） extravehicular activity　縮寫為ＥＶＡ，指太空人在太空船外進行的一切活動。

諾克米斯山區（科幻） Nokomis Mountains　作者杜撰的地名，金星上的一座山脈。

謎團計畫（歷史） Enigma Project　第二次世界大戰時，英美聯軍徵召科學家破解德軍密碼的計畫。

獵戶星雲（天文）　Orion Nebula　亦稱「獵戶座大星雲」，是位於獵戶星座內的明亮星雲，天文學編號M42或NGC1976。獵戶星雲是具有發射線的瀰散星雲，距離地球約一千五百光年。

離子推進器（航太）　ion thruster　當今航太科學家積極發展的一種太空推進器。這種推進器利用電力將物質解離成離子，並將其加速再向後噴出，用以推動太空船或人造衛星。

全書系主要人物介紹

（依出場序）

◎齊世芳、翁淑靜整理

望月者（Moon-Watcher） 四百萬年前的非洲猿人，是一個處於滅絕邊緣的部族的領袖。由於來自外太空的高級智慧生物，藉著神秘石板向望月者發射影響智力的能量，使他懂得運用石器來覓食，自此啟發了地球人類的進化（詳見《二〇〇一太空漫遊》）。

海伍．佛洛依德博士（Heywood Floyd） 美國國家級的航太科技專家。擔任「國家星際航行科學會」主席期間，奉命到月球勘察第谷石板；當執行木星計畫的發現號太空船上的主電腦哈兒失控時，佛洛依德在地球上的指揮中心掌握大局（詳見《二〇〇一太空漫遊》）。由於佛洛依德太空旅行經驗豐富，奉命加入里奧諾夫號太空船到木星救援發現號的計畫；並曾在高齡一百零三歲時，擔任太空船宇宙號的隨艦顧問，登陸哈雷彗星（詳見《二〇一〇太空漫遊》、《二〇六一太空漫遊》）。

大衛．鮑曼（David Bowman）　發現號太空船的艦長，是應用天文學、自動控制、太空推進系統專家。當發現號其他組員被電腦哈兒害死後，他獨力操作太空船前往木星，後來在木星上掉進石板TMA2的「星之門」，變成非物質、以意念存在的不死新生命體「星童」（詳見《二〇〇一太空漫遊》）。他曾以意識與佛洛依德溝通，警告里奧諾夫號務必須在十五天內離開即將爆炸的木星（詳見《二〇一〇太空漫遊》）。最後在高級智慧生物的安排下，他與曾經對立的電腦哈兒結合，成為「哈曼」（詳見《三〇〇一太空漫遊》）。

哈兒（HAL）　啟發式程式化演算電腦，*Heuristically programmed ALgorithmic computer*的簡稱，能單獨操作發現號太空船。哈兒謀殺四名發現號太空人後，被大衛．鮑曼拆去重要零件，功能減弱（詳見《二〇〇一太空漫遊》）。隨著發現號在木星軌道上漂流的哈兒，終於在十年後被深愛他的發明者錢德拉博士救醒。在木星爆炸後，被高級智慧生物改變為超脫物質存在的生命形式（詳見《二〇一〇太空漫遊》）。最後與鮑曼結合，成為「哈曼」（詳見《三〇〇一太空漫遊》）。

法蘭克．普爾（Frank Poole） 「發現號」組員，在進行艙外活動，檢查並替換出問題的AE35通訊組件時，被超級電腦哈兒所害，在太空中漂流（詳見《二〇〇一太空漫遊》）。普爾一千年後被「哥力亞號」救起，之後隨「哥力亞號」出征，並說服哈曼執行「木馬屠城記」計畫，最後成為拯救地球全體人類生命的英雄（詳見《三〇〇一太空漫遊》）。

錢德拉博士（Dr. Chandra） 電腦哈兒的發明者，美國烏班納市伊利諾大學電腦科學教授。他搭乘里奧諾夫號，拯救了隨著發現號在木星軌道上漂流的哈兒。由於深愛哈兒，回程中他甚至想要在單獨留在發現號上與哈兒作伴（詳見《二〇一〇太空漫遊》）。

張博士（Dr. Chang） 太空船「錢學森號」的科學官，天文學家兼外星生物學家，曾於二〇〇二年的「國際天文聯盟」波士頓研討會上與佛洛依德有過一面之緣。當他目睹木衛二歐羅巴上的不知名生物摧毀錢學森號時，仍不斷發送訊息給佛洛依德博士（詳見《二〇一〇太空漫遊》）。

小克利斯．佛洛依德（Christ II Floyd） 佛洛依德的孫子，「銀河號」太空船的二副，暗中為星際警察當局工作。後與同僚范德堡登上歐羅巴的「宙斯山」探險。（詳見《二〇六一太空漫遊》）。

迪米崔·錢德勒（Dimitri Chandler） 太空船哥力亞號船長，留著鬍鬚，綽號「迪姆」。曾在海王星附近救起法蘭克·普爾。允許普爾獨自駕駛單人太空梭遊隼號，登陸木衛二歐羅巴尋找大衛·鮑曼。而後在執行太空任務時，哥力亞號被突然爆炸的彗星炸毀，錢德勒與全體組員一同失蹤（詳見《三〇〇一太空漫遊》）。

茵卓·華勒斯博士（Indra Wallace） 卓越的女歷史學家。原為普爾的監護人兼導遊，在普爾前往木衛三時，與普爾通信頻繁，進而與普爾相戀、結婚，育有一子一女（詳見《三〇〇一太空漫遊》）。

克拉克年表

◎鍾慧元整理

一九一七　出生於英國桑陌塞郡。

一九二三　獲得一套立體恐龍圖卡，啟發了他對科學的興趣。

一九三四　加入英國行星際協會（British Interplanetary Society）。

一九四一　加入英國皇家空軍，擔任雷達技師，參與雷達預警系統的研發與運作。

一九四五　投稿英國期刊《無線電世界》（*Wireless World*），以〈地球外的轉播〉（Extra-terrestrial Relays）一文提出同步通訊衛星的概念。

一九四六　自空軍退役，進入倫敦國王學院就讀；首篇創作小說《救援隊》（*The Rescue Party*）出版。

一九四七　擔任英國行星際協會主席至一九五〇年。

一九四八　自國王學院取得數學與物理學士學位；為參加ＢＢＣ舉辦的競賽而撰寫了短篇科幻小說〈哨兵〉（Sentinel），但未獲獎；進入英國財政部工作。

一九四九　擔任《物理文摘》（*Physics Abstracts*）雜誌助理編輯至一九五一年。

一九五〇　出版科普書籍《行星際飛行》（*Interplanetary Flight*）。

一九五一　出版科普書籍《太空探索》（*Exploration of Space*）與第一本長篇科幻《太空前奏》（*Prelude to Space*）、第二本長篇科幻《火星之沙》（*The Sand of Mars*）。

一九五二　全心投入科幻創作。出版長篇《空中列島》（*Islands in the Sky*）。

一九五三　出版長篇科幻《童年末日》（*Childhood's End*）；再度擔任英國行星際協會主席。

一九五五　前往澳洲大堡礁的旅途中因事羈絆斯里蘭卡，日後雖繼續澳洲旅程，但決定斯里蘭卡就是喜好潛水的他嚮往定居的國家。出版長篇《地球反照》（*Earthlight*）。

一九五六　移居斯里蘭卡。出版《城市與群星》（*The City and the Stars*）；短篇小說

一九五七　《星》（*Star*）獲得科幻小說雨果獎（Hugo Award）。

一九五八　出版長篇科幻《深海牧場》（*The Deep Range*）；蘇聯發射「史潑尼克一號」（Sputnik I）時，前往巴塞隆納參加「國際蘇聯太空人同盟」大會（International Astronautical Federation）。

一九六一　於斯里蘭卡南部海岸的齊克都瓦（Hikkaduwa）成立「水下之旅」（Underwater Safaris）潛水學校。

一九六三　出版《月塵如雨》（*A fall of Moondust*）。

一九六四　出版《海豚島》（*Dolphin Island*）。

一九六五　與庫柏力克共同構思《二〇〇一太空漫遊》（*2001: A Space Odyssey*）的小說與電影劇本。

一九六八　年底開拍《二〇〇一太空漫遊》電影版。

一九六八　小說《二〇〇一太空漫遊》出版、科普書籍《太空的承諾》（*The Promise of Space*）；《二〇〇一太空漫遊》電影版獲奧斯卡最佳視覺效果獎，以及最佳導演、最佳藝術指導、最佳原著劇本等三項提名。

一九六九　美國太空人登陸月球，與主播克隆凱（Walter Cronkite）共同為ＣＢＳ電視網報導阿波羅任務的實況。

一九七二　出版《二〇〇一失落的世界》（*The Lost World of 2001*）。

一九七三　出版《拉瑪任務》（*Rendezvous with Rama*）；中篇小說《會見梅杜莎》（*A Meeting with Medusa*）獲得科幻小說星雲獎。

一九七四　《拉瑪任務》獲得星雲獎、雨果獎及約翰·坎貝爾紀念獎（John W Cambell Memorial Award）。獲得美國航太協會（AIAA）頒發的太空通訊獎（Aerospace Communications Award）。

一九七七　美國展開航海家號任務，探索木星與土星，傳回的探測資料成為克拉克撰寫太空漫遊系列的重要參考資料。

一九七九　長篇《天堂之泉》（*The Fountains of Paradise*）獲得星雲獎。

一九八〇　《天堂之泉》獲得雨果獎；撰寫並主持電視紀錄片節目《亞瑟·克拉克的神秘世界》（Arthur C. Clarke's Mysterious World）。

一九八一　開始撰寫《二〇一〇太空漫遊》（*2010: Odyssey Two*）；科學界將一顆新發現的小行星命名為「克拉克4923」（4923 Clarke）。

一九八二　因對全球衛星系統的貢獻，獲得馬可尼國際獎（Marconi International

Fellowship），出版《二〇一〇太空漫遊》。

一九八四 《二〇一〇太空漫遊》改編為電影《威震太陽神》（2010: The Year We Make Contact），導演為彼得・海姆斯（Peter Hymas）。

一九八六 獲得象徵終身成就的星雲科幻大師獎；挑戰者號太空梭升空失敗爆炸，伽利略任務暫停；成立「亞瑟・克拉克獎」（Arthur C. Clarke Award），頒給在英國出版的最佳科幻小說，獎金由克拉克提供。

一九八七 出版《二〇六一太空漫遊》（*2061: Odyssey Three*）。

一九八八 經診斷罹患「小兒麻痺後症候群」，此後泰半時間需以輪椅代步。

一九八九 伽利略號出發探索木星及其衛星系；與簡崔・李（Gentry Lee）（伽利略任務總工程師）合撰《拉瑪再現》（*Rama II: The Sequel to Rendezvous with Rama*）。

一九九一 與簡崔・李合撰《拉瑪迷境》（*The Garden of Rama*）。

一九九二 獲頒「國際科學策略基金會獎章」（International Science Policy Foundation Medal）。

一九九三 與簡崔・李合撰《拉瑪揭密：終極遭遇》（*Rama Revealed: The Ultimate*

Encounter）。

一九九四 美國國家太空協會（National Space Society）主席葛倫・雷諾斯（Glenn H. Reynolds）因克拉克於一九四五年提出的全球通訊衛星概念，提名他角逐諾貝爾和平獎。

一九九五 獲頒NASA「傑出公共服務獎章」。

一九九七 出版《三〇〇一太空漫遊》（*3001: The Final Odyssey*）。

二〇〇〇 受封英國爵位，由於身體狀況不宜長途旅行，英國特派高級專員至斯里蘭卡贈與爵位。

二〇〇一 探測火星地表礦物與輻射的太空船，命名為「二〇〇一火星奧德賽號」。

二〇〇三 澳洲發現的新種角龍類恐龍以克拉克命名，名為*Serendipaceratops arthurcclarkei*；出版長篇《時光之眼》（*Time's Eye*），與史蒂芬・巴塞特（Stephen Baxter）合撰。

二〇〇四 南亞海嘯逃過一劫，但他所創辦的潛水學校毀於一旦。

二〇〇五 獲斯里蘭卡政府頒贈最高榮譽公民獎，以表彰他對該國科學與科技方面的貢獻；出版長篇《太陽暴》（*Sunstorm*）（與史蒂芬・巴塞特合撰）。

克拉克相關網站(四)其他語文（依字母順序排列）

◎陳雅華整理

編按：本套書所介紹之克拉克相關網站共分為四個單元，分別為(一)台灣地區、(二)亞洲其他地區、(三)英語世界、(四)其他語文。所編列的網站，為近幾年仍持續更新。由於網站資訊更新快速，本單元所列之內容可能會有隨時更動的情況，謹此說明。

Arthur C. Clarke - Życie i twórczość

http://www.acclarke.pl/

波蘭文網站，介紹克拉克生平及小說。網站持續更新中，Galeria這個分頁中也可看到不少克拉克年輕時的照片，並且蒐集了為數可觀的波蘭文版本封面。

Die Inoffizielle Deutsche Arthur C. Clarke

http://www.acclarke.de/

介紹克拉克生平及小說的德文網站。

綠蠹魚森林叢書YLE12
太空漫遊四部曲
三〇〇一太空漫遊（3001 : The Final Odyssey）

作者：亞瑟・克拉克（Arthur C. Clarke）
翻譯：鍾慧元、葉李華

主編：周惠玲
執行編輯：翁淑靜
編輯協力：鍾慧元、陳雅華、齊世芳
校文：陳錦輝、魏秋綢、翁淑靜
人物造型設計：高鵬翔
封面設計：張士勇工作室
排版：中原造像股份有限公司

發行人：王榮文
出版發行：遠流出版事業股份有限公司
地址：台北市100南昌路2段81號6樓
電話：（02）2392-6899
傳眞：（02）2392-6658
劃撥帳號：0189456-1
香港發行：遠流（香港）出版公司
地址：香港北角英皇道310號雲華大廈四樓505室
電話：2508-9048
傳眞：2503-3258
香港售價：港幣83元

著作權顧問：蕭雄淋律師
法律顧問：王秀哲律師・董安丹律師
製版印刷：中原造像股份有限公司
初版一刷：2006年10月20日
行政院新聞局局版台業字第1295號
定價：新台幣250元
若有缺頁破損，請寄回更換

ISBN-10 957-32-5902-8（全套：平裝）
ISBN-13 978-957-32-5902-2（全套：平裝）
ISBN-10 957-32-5896-X（第四冊）
ISBN-13 978-957-32-5896-4（第四冊）
YLib遠流博識網：http://www.ylib.com
e-mail:ylib@ylib.com

國家圖書館出版品預行編目資料

三〇〇一太空漫遊 / 亞瑟・C・克拉克（Arthur C. Clarke）著 ; 鍾慧元、葉李華譯. -- 初版. -- 臺北市 : 遠流, 2006〔民95〕

面 ;　公分. --（綠蠹魚 ; YLE12）

譯自 : 3001 : The Final Odyssey

ISBN　978-957-32-5902-2（全套：平裝）

ISBN　978-957-32-5896-4（第四冊）

873.57　　95017453